中华远古的恋歌雅乐

——《诗经》注译与导读·风

谢柏梁 译注

中国戏剧出版社

图书在版编目（CIP）数据

中华远古的恋歌雅乐：《诗经》注译与导读·风/谢柏梁译注.
—北京：中国戏剧出版社，2021.12
ISBN 978-7-104-05119-0

Ⅰ.①中… Ⅱ.①谢… Ⅲ.①古体诗—诗集—中国—春秋时代
②《诗经》—注释③《诗经》—译文 Ⅳ.①I222.2

中国版本图书馆CIP数据核字（2021）第164142号

中华远古的恋歌雅乐 ——《诗经》注译与导读·风

责任编辑：王　恬
责任印制：冯志强

出版发行：	中国戏剧出版社
出 版 人：	樊国宾
社　　址：	北京市西城区天宁寺前街2号国家音乐产业基地L座
邮　　编：	100055
网　　址：	www.theatrebook.cn
电　　话：	010-63385980（总编室）　010-63381560（发行部）
传　　真：	010-63383910

读者服务：010-63387810
邮购地址：北京市西城区天宁寺前街2号国家音乐产业基地L座

印　　刷：	河北京平诚乾印刷有限公司
开　　本：	787mm×1092mm　1/16
印　　张：	21
字　　数：	290千字
版　　次：	2021年12月　北京第1版第1次印刷
书　　号：	ISBN 978-7-104-05119-0
定　　价：	128.00元

版权专有，违者必究；如有质量问题，请与出版社联系调换。

前　言

中国最早的一部诗歌总集是《诗经》。

《诗经》最初的通称是《诗》。孔子也曾将这通称和篇目结合起来，谓之《诗三百》。秦始皇焚书时，《诗》亦不能幸免。到了汉代，凭记忆与私家收藏研究《诗》的还有齐、鲁、韩、毛四家，但保存下来的只有由毛亨、毛苌所传下来的版本。所以人们又以毛亨的《毛诗故训传》为据，将《诗》称为《毛诗》。汉武帝独尊儒术，孔子整理和评点过的《诗》亦被尊称为"经"，因此《诗经》便成为这部诗集沿用最广的定名。

从《左传》所载吴公子季札在鲁国观看配乐《诗》演唱的情形看，至迟在襄公二十五年（公元前544年）之前，《诗经》便已编定成型。不学《诗》，无以言，从季札直到如今的2500多年中，人们一直在学习、研究，或者自觉不自觉地引用着《诗经》。

《诗经》一共有305篇，分为《风》《雅》《颂》三大类别，反映了周代从公元前11世纪西周初年到公元前6世纪左右春秋中叶约500年的历史生活时代。

如果加上只有标题、没有内容的6首笙诗——《南陔》《白华》《华黍》《由庚》《崇丘》《由仪》，则《诗经》一共有311篇。正是因为这6首诗有题无内容，所以一般还是称《诗经》为305篇，简称为

"诗三百"。

《风》即15《国风》，系反映各国民情风俗的地方歌谣，其创作年代贯串了长达500年的历史长河。周代的采诗官到民间采风后，将所得民歌予以整理，一共编定了160首民歌，依照不同产生地区排列成15《国风》。

其中《周南》《召南》共有25首诗，产地约在今河南的临汝、南阳和湖北的襄阳、宜昌和荆州地区。《邶》《鄘》《卫》都属卫地，大体在今河北的磁县、东明，河南的濮阳、安阳、淇县、滑县、汲县、开封、中牟等地。《王风》共10首诗。王是王都简称，平王东迁洛邑后，王都所在地包括今河南洛阳、孟县、沁阳、偃师、巩县、温县等地。《郑风》共21首诗，产地在今河南新郑一带。《齐风》共11首诗，当时齐国以临淄为首都，横跨今山东北部与中部。《魏风》有7首诗。魏地在今山西芮城东北。《唐风》共10首诗，唐地因晋水改称晋国，在今山西中部太原一带。《秦风》共10首诗，秦地在今陕西地区和甘肃东部。《陈风》共10首诗。陈地在今河南淮阳、柘城和安徽亳县一带。《桧风》有4首诗，桧地在今河南密县东。《曹风》4首，曹地在今山东菏泽、定陶、曹县一带。《豳风》共7篇，豳地在今陕西栒邑、邠县一带。

《雅》分为《大雅》和《小雅》，又称《二雅》，系朝廷的正声，周秦的乐调，产地大略在陕西西安一带。其中《小雅》共74首，《大雅》31首，合起来为105首诗。《大雅》产生于西周时期，《小雅》产生于西周末东周初的过渡时期。

《颂》是庙堂乐章，一共有40首诗。其中《周颂》31首，《鲁颂》4首，《商颂》5首，都是求神告祖的祭祀乐章、歌声舞容的扮演场面。歌功颂德、娱神赞君是其基本内容。

简言之，"风土之音曰《风》，朝廷之音曰《雅》，庙堂之音曰《颂》"。郑樵在《六经奥论》中的这一归纳较为切合实际。也正因为《诗经》先后反映了不同时代、不同地区以及不同阶层人们的生活情状和心理状态，所以除了几位篇末具名的诗人如尹吉甫、奚斯等人外，整部诗歌集都可以看成是先民们的集体创作。从民间创作到文人润色、从文人润色到乐工合律、从乐工合律到歌舞扮演，《诗经》从粗糙到精致，从杂乱到整饬，从平面到立体，从局部到全局，就像一方明净而浩瀚的湖泊，较具代表性地汇聚了500多年里中国大地上的情感生活、社会生产、宫廷政治和征伐统一等周代先民发展史上的点点涓滴、脉脉泉流、潺潺小溪和滔滔大河。

反映爱情婚姻和家庭生活的内容，是《诗经》中最为多见的题材。《关雎》中描写了青年男女从相恋到成家的过程，而更多的情诗则着重渲染着情感生活中的某一横截面。《卷耳》中的女郎想念爱人，《汉广》中的男子苦恋汉水那边的游女，《摽有梅》中的待嫁女对婚期的企盼，《桃夭》中对艳若桃李的新娘的赞颂，都显出一唱三叹的挚情浓意。至若《将仲子》写失恋，《氓》与《白华》中摹状弃妇的苦痛，都显出女子无助的悲哀。尽管《野有蔓草》《野有死麕》中也有男女邂逅、美满结合的放逸，但更多的诗篇还是在呼唤有保障的婚姻和长久的结合。《南山》谓"取（娶）妻如之何，必告父母"，"匪媒不得"，就是对稳定婚姻的郑重企盼。有了稳固而长久的婚姻情感寄托，那么即令是《杕杜》中征夫怨妇两相离别的苦恋，也显得如此甜蜜动人。婚恋诗在《国风》中的大量篇目和《小雅》中的部分存在，谓之是描摹"后妃之德"，当然难以成立，但称之为"好色而不淫"的情爱心理宣泄，则是可以对应的事实。对那些荒淫无耻的淫乱行为，哪怕是国王公侯如《株林》中的陈灵王、《载驱》《南山》中的齐襄公，《诗经》都予以了大胆揭露和一针见血的讥刺。

对劳动生活和社会生产的描写，在《诗经》中亦时时可见。例如《大田》《良耜》中写农耕活动，《生民》写后稷对农作物的培育和推广，《七月》描叙一年四季周而复始的农业劳作乃至蚕桑、建筑的铺展过程，都堪称井然有序而蔚为系统。如果说婚恋诗是种族繁衍的一大标志，那么农耕诗则是发展生产、保障生活的某些缩影。统治者与被统治者的对立，劳心劳力者的差异，创造财富者与享受财富者的不平等，迫使许多劳动人民从心底发出不公不平的呐喊。例如《伐檀》中工人们对不劳而获的统治者的质问，《硕鼠》中百姓们不堪欺凌剥削、对理想乐土的期望，都反映出勤苦生产与奢侈消费之间的巨大差距与严重对立。一些诗篇也反映出田官对子民雇工们的组织，侯王对大规模农耕的关注，统治者对粮囤的集中管理，在相当程度上反映出农业生产的社会化、组织化和集约化程度，这也表明了当时农作知识的丰富和生产力水平的较高程度。

《诗经》中还反映出夏周两代的兴盛衰微史以及诸侯国的内政外交与相互兼并史。中国古代汉民族没有蔚为规模的长篇史诗，《诗经》可以看成是一部抒情性的史诗短章。从有娀古国到简狄生契，从商地建国到盘庚迁殷，从夏桀败亡到成汤一统，从武丁称雄到后嗣宋国，《商颂》简洁地记载了殷商谱系的变迁。至若周代史诗《生民》中假托有邰氏之女姜嫄与上帝交感而生始祖后稷，《皇矣》记太王迁岐、王季治邦、文王兴国，《下武》《大明》等诗载武王伐纣、成康之治；甚至厉王被逐、宣王中兴、幽王遭弑、平王东迁等一系列大的历史事件，在《诗经》中都可以或多或少、或显或隐地得到映衬和补充。

因此《诗经》既是一部活的风俗人情史和生产生活史，又是一部简洁的部族兴衰与朝代变迁史，它是具备中国特色的抒情史诗。那么多诸侯国之间的政治纠葛、军事纠纷和权力联姻，都在《诗经》中生动而具体地展现出来，这是中华民族上古史中最为鲜活的第一手资料。至于先民们的天命观念、宗族信仰、价值尺度、道德风范、人伦准则和审美倾向，都在《诗经》中有着直接而完整的体现。

关于《诗经》的艺术技巧，前人一般用赋、比、兴来予以阐明，并且推广成为我国文学创作的一般手法。《周礼》说"太师教六诗：曰风，曰赋，曰比，曰兴，曰雅，曰颂"，这里的风、雅、颂是指分类，赋、比、兴当指其艺术手段言。所以朱熹为之定义说，"赋者，敷陈其事而直言之者也"；"比者，以彼物比此物也"；"兴，先言他物以引起所咏之词也"。

赋实际上包括了速写、白描、叙述、对话、抒情、议论等直接表现的主体内容。例如《渭阳》叙外甥送舅，句句都是大白话、大实话，没有任何夸饰和讲究。《楚茨》记载周王祭祀祖先的情状，都是对祭祀的过程与场面的细致描摹。《闷宫》有9章120句，是《诗经》中最长的一首诗，但也都是朴实本色的白描。即使后来写到山岭上的松柏，也是作为砍下来营建宫庙的材料，没有把松柏与人格予以太多联想型对应。明人谢榛在《四溟诗话》中认为《诗经》中使用赋的地方有720处，这自然太为拘执；但《诗经》中大抵以朴素白描为重，这却是其基本的诗风。

比就是比喻。关于"如山如河""有女如玉""王室如毁""有力如虎"等明喻，在《诗经》中比比皆是。《硕人》状女郎之美，接连用了"手如柔荑，肤如凝脂、领如蝤蛴、齿如瓠犀"等一组明喻，真是众美皆备。隐喻如《柏舟》中的"我心非鉴，不可以茹"，表明少妇自谓其心不是镜子，不能容纳更多的形象，也不能任人来照的意志。《正月》里"胡为虺蜴"，把如今之人都比成是蛇虫，也是极为沉痛的隐喻。借喻如《硕鼠》《新台》中把剥削者和卫宣公比成大老鼠和癞蛤蟆，十分到位地表明了普通人对大人物的高度憎恶。

兴是从眼前之景比照、映衬、顺接出心中要说之事。例如《江有汜》中从江水分岔起兴，接着描叙到彼此情爱的生分；《何彼秾矣》从唐棣花朵的秾艳引出王姬出嫁的美艳；《谷风》先写阴雨风暴的袭击，转而描写丈夫变心给妻子情感世界带来的重大冲击，都是显例。由此看来，兴实际上只是个引子，其目的是要引出全篇的主体来；它不像比那样直接地对应，不一定明确地以甲物比乙物，因此显得更为随意、散淡和自然。赋比兴的巧妙结合，不仅是《诗经》中的基本手法，同时也是中国诗歌与民谣最为常用的艺术手段。

至于对话体的引进，夹叙夹议的铺陈，抒情与论理的交织乃至戏剧性场面的建构等艺术手法，在《诗经》中更是屡见不鲜。合歌而奏、依舞而谱，要求《诗经》通常以复唱、递进的格式来传达意旨，以当时通俗、明白的语言来表达情感，这就形成了遣词用句、谋篇布局的大致体例。

  对于《诗经》的学习和研究，是中国读书人历朝历代的基本功课之一。有关注释、笺证等各种选本和全本，越来越多而且门派各异、蔚为大观。20世纪以来用白话译《诗经》的做法也精彩纷呈，各有千秋。本书译注皆在前人的基础之上与当代学者的荫蔽之下，以白话诗的方式对《诗经》予以了全译，并适当配加了简明扼要的注释、题解，也匮集了历代名家和当代前辈学者的知名简评。

  初步的成果既已献上，更为完美些的题解、注释、集评和译作，还应在读者诸君的赐正之后。

1995年1月，写于上海戏剧学院
2021年7月，修订于中国戏曲学院

目　录

前　言 /01

国风·周南

关雎 /2　　　葛覃 /4　　　卷耳 /6
樛木 /8　　　螽斯 /10　　桃夭 /11
兔罝 /13　　芣苢 /14　　汉广 /16
汝坟 /18　　麟之趾 /20

国风·召南

鹊巢 /24　　采蘩 /25　　草虫 /27
采𬞟 /29　　甘棠 /30　　行露 /32
羔羊 /34　　殷其雷 /35　　摽有梅 /37
小星 /39　　江有汜 /40　　野有死麕 /42
何彼秾矣 /44　　驺虞 /45

国风·邶风

柏舟 /48	绿衣 /50	燕燕 /52
日月 /54	终风 /56	击鼓 /58
凯风 /60	雄雉 /62	匏有苦叶 /63
谷风 /66	式微 /69	旄丘 /71
简兮 /73	泉水 /75	北门 /77
北风 /78	静女 /80	新台 /82
二子乘舟 /83		

国风·鄘风

柏舟 /86	墙有茨 /87	君子偕老 /89
桑中 /91	鹑之奔奔 /93	定之方中 /94
蝃蝀 /96	相鼠 /98	干旄 /99
载驰 /101		

国风·卫风

淇奥 /106	考槃 /108	硕人 /109
氓 /112	竹竿 /116	芄兰 /118
河广 /119	伯兮 /121	有狐 /123
木瓜 /124		

国风·王风

黍离 /128　　　　君子于役 /130　　　　君子阳阳 /132
扬之水 /133　　　中谷有蓷 /135　　　兔爰 /137
葛藟 /139　　　　采葛 /141　　　　　大车 /142
丘中有麻 /144

国风·郑风

缁衣 /148　　　　将仲子 /149　　　　叔于田 /151
大叔于田 /153　　清人 /156　　　　　羔裘 /158
遵大路 /159　　　女曰鸡鸣 /160　　　有女同车 /162
山有扶苏 /164　　萚兮 /165　　　　　狡童 /166
褰裳 /168　　　　丰 /169　　　　　　东门之墠 /171
风雨 /172　　　　子衿 /173　　　　　扬之水 /175
出其东门 /176　　野有蔓草 /178　　　溱洧 /179

国风·齐风

鸡鸣 /184　　　　还 /185　　　　　　著 /187
东方之日 /188　　东方未明 /189　　　南山 /191
甫田 /193　　　　卢令 /195　　　　　敝笱 /196
载驱 /198　　　　猗嗟 /200

国风·魏风

葛屦 /204　　汾沮洳 /205　　园有桃 /207
陟岵 /209　　十亩之间 /211　　伐檀 /212
硕鼠 /215

国风·唐风

蟋蟀 /218　　山有枢 /220　　扬之水 /222
椒聊 /224　　绸缪 /225　　杕杜 /227
羔裘 /229　　鸨羽 /230　　无衣 /232
有杕之杜 /233　　葛生 /235　　采苓 /237

国风·秦风

车邻 /240　　驷驖 /241　　小戎 /243
蒹葭 /246　　终南 /248　　黄鸟 /249
晨风 /252　　无衣 /254　　渭阳 /255
权舆 /257

国风·陈风

宛丘 /260　　东门之枌 /261　　衡门 /263
东门之池 /264　　东门之杨 /265　　墓门 /267
防有鹊巢 /268　　月出 /269　　株林 /271

泽陂　/272

国风·桧风

羔裘　/276　　　素冠　/277　　　隰有苌楚　/279
匪风　/280

国风·曹风

蜉蝣　/284　　　候人　/285　　　鸤鸠　/287
下泉　/289

国风·豳风

七月　/294　　　鸱鸮　/300　　　东山　/302
破斧　/306　　　伐柯　/308　　　九罭　/309
狼跋　/311

参考文献　/313

后记　/315

国风·周南

关　雎

【导读】

　　这是一首缠绵悱恻的情诗。一个贵族青年爱上了一位窈窕美好的姑娘，他弹琴鼓瑟、鸣钟击鼓，使出浑身解数。可是，那心上人却像水中摇曳的荇菜一般捉摸不定，若即若离。这位男士最初饱受相思之苦，寝食难安，最终钟鼓乐之，修成正果。这是典型的东方式的爱情：纯真而蕴藉，炽热而含蓄。发乎情止乎礼义，爱情与婚姻完美对接。故孔子称赞《关雎》"乐而不淫，哀而不伤"（《论语·八佾》）。

【评介】

　　"《关雎》，后妃之德也，《风》之始也，所以风天下而正夫妇也。……是以《关雎》乐得淑女以配君子，忧在进贤不淫其色，哀窈窕，思贤才，而无伤善之心焉。"（《毛诗序》）

　　"周之文王，生有圣德，又得圣女姒氏以为配。宫中之人，于其始至，见其幽闲贞静之德，故作是诗。""孔子曰：'《关雎》乐而不淫，哀而不伤。'愚谓此言为此诗者，得其性情之正，声气之和也。盖德如雎鸠，挚而有别，则后妃性情之正，固可以见其一端矣。至于寤寐反侧，琴瑟钟鼓，极其哀乐而皆不过其则焉。则诗人性情之正，又可以见其全体也。独其声气之和，有不可得而闻者，虽若可恨，然学者姑即其辞而玩其理以养心焉，则亦可以得学诗之本矣。"（朱熹《诗集传》）

　　"《小序》以为'后妃之德'，《集传》又谓'宫人之咏大姒、文王'皆无确证。诗中亦无一语及宫闱，况文王、大姒耶？窃谓风者，皆采自民间者也，若君妃，则以颂体为宜。"（方玉润《诗经原始》）

　　"这是一个青年热恋采集荇菜女子的诗。诗中所说的'君子'，是当时对贵族男子的称呼；琴瑟、钟鼓是当时贵族用的乐器，可见诗的原作很可能是一位贵族青年。"（程俊英《诗经译注》）

【原诗】

关关雎鸠[1],
在河之洲。
窈窕淑女[2],
君子好逑[3]。

参差荇菜[4],
左右流之[5]。
窈窕淑女,
寤寐求之[6]。

求之不得,
寤寐思服[7]。
悠哉悠哉!
辗转反侧。

参差荇菜,
左右采之。
窈窕淑女,
琴瑟友之。

参差荇菜,
左右芼之[8]。
窈窕淑女,
钟鼓乐之。

【译诗】

咕咕雎鸠唱和稠,
啄啄饮饮在洲头。
美丽贤慧好姑娘,
男子汉的好配偶。

参差不齐荇菜羞,
左捞右采随水流。
美丽贤慧好姑娘,
睡里梦中把她求。

追她求她不到手,
魂梦相思想不够。
漫漫长夜夜漫漫,
翻来复去在心头。

参差不齐荇菜幽,
左捞右采随水浮。
美丽贤慧好姑娘,
弹琴鼓瑟交朋友。

参差不齐荇菜酬,
左捞右采到我手。
美丽贤慧好姑娘,
钟鼓乐中成佳偶。

【注释】

[1]雎(jū居)鸠是一种喙扁的水鸟。关关,同咕咕,水鸟叫声。

[2]窈（yǎo咬）窕（tiǎo挑），形容女子文静而美好。淑女，温和贤慧的女性。

[3]好逑（qiú求），好配偶。

[4]参（cēn）差（cī疵），长短不齐，大小不一。荇（xìng杏）菜，草本植物，叶子略圆，浮在水面。根生在水底，开黄花，蒴果椭圆形。

[5]流，同摎，捋取状。

[6]寤（wù悟），睡醒。寐（mèi妹），睡着。

[7]服，思念。句中"思"字为语助词。

[8]芼（mào冒），选菜取菜状。

葛 覃

【导读】

这是一首描写出嫁女子回家省亲的诗。诗中的女子充满了生活智慧，她割麻煮麻，纺麻成布，裁布成衣。黄鸟悦耳的叫声引起她的归家之愿。得到公婆的同意后，她开始准备行装。女子洗净内外的衣服，高高兴兴地回娘家，脸上写满了骄傲和幸福。

【评介】

"《葛覃》，后妃之本也。后妃在父母家，则志在于女功之事；躬俭节用，服澣濯之衣；尊敬师傅；则可以归安父母，化天下以妇道也。"（《毛诗序》）

"此诗后妃所自作，故无赞美之辞。然于此可以见其已贵而能勤，已富而能俭，已长而敬不弛于师傅，已嫁而孝不衰于父母。是皆德之厚而人所难也。"（朱熹《诗集传》）

"盖此亦采之民间，与《关雎》同为房中乐，前咏初昏，此赋归宁

耳。"（方玉润《诗经原始》）

【原诗】	【译诗】
葛之覃兮[1]，	悠悠葛藤紧相连，
施于中谷[2]，	挂在山谷荡秋千，
维叶萋萋[3]。	绿叶片片嫩又鲜。
黄鸟于飞[4]，	黄鹂飞来又飞去，
集于灌木，	灌木丛中舞蹁跹，
其鸣喈喈。	"喈喈喈喈"唱得甜。
葛之覃兮，	悠悠葛藤紧相连，
施于中谷，	挂在山谷荡秋千，
维叶莫莫[5]。	绿叶茂盛嫩又鲜。
是刈是濩[6]，	割开葛藤用水煎，
为絺为绤[7]，	粗布细布任织选，
服之无斁[8]。	穿来换去看不厌。
言告师氏[9]，	见到师傅轻轻言，
言告言归。	告假回家过几天。
薄污我私[10]，	内衣洗净带几件，
薄浣我衣。	外衣濯平有脸面，
害浣害否[11]？	哪件要洗哪件放？
归宁父母。	归家问安爹娘前。

【注释】
[1]覃（tán潭），延长、铺展状。
[2]施（yì异），移、挂的样子。中谷，山谷之中。
[3]维，同惟，单单、特别、尤其是。萋（qī妻）萋，茂盛状。

[4]黄鸟,黄鹂。羽毛黄色而有黑纹。

[5]莫莫,茂密貌。

[6]刈(yì义),割。濩(huò获),用水煮。是,指代葛藤。

[7]绨(chī痴),细布为绨。绤(xì细),粗布为绤。为,织造。

[8]服,穿上。致(yì艺),厌倦。

[9]师氏,女性师傅。言,辞别。

[10]薄(bó博),迫近,疾快,如成语"日薄西山"。污,洗净污点。私,亵衣,内衣裤。

[11]害,同曷、何,哪一件。浣(huǎn缓),漂洗。

卷 耳

【导读】

这是一首思妇诗,丈夫出门远行,妻子牵肠挂肚,无心劳作。后三节女子想象丈夫同样在思念自己,因而登高远望家乡。如此曲笔,更显女子思念之苦:马病了,仆人病了,丈夫是否平安康健呢?全诗在叙事中抒情,情真意切,感人肺腑!

【评介】

"《卷耳》,后妃之志也。又当辅佐君子,求贤审官,知臣下之勤劳,内有进贤之志,而无险诐私谒之心,朝夕思念,至于忧勤也。"(《毛诗序》)

"后妃以君子不在而思念之,故赋此诗,托言方采卷耳,未满顷筐,而心适念其君子,故不能复采,而置之大道之旁也。""可以见其贞静专一之至矣。"(朱熹《诗集传》)

"这是女子怀念征夫的诗。她在采卷耳的时候想起了远行的丈夫,幻想他在上山了，过冈了，马病了，人疲了，又幻想他在饮酒自宽。"
（余冠英《诗经选译》）

【原诗】	【译诗】
采采卷耳，	卷耳菜，采得忙，
不盈顷筐[1]。	采来采去不满筐。
嗟我怀人，	只因念我心上人，
置彼周行[2]。	竹筐撂在大路旁。
陟彼崔嵬[3]，	骑着马儿上山梁，
我马虺隤[4]。	累得坐骑跪道旁。
我姑酌彼金罍[5]，	金杯酌酒尽情饮，
维以不永怀。	免得想她痛肝肠。
陟彼高冈，	赶着马儿上山岗，
我马玄黄[6]。	累得坐骑病膏肓。
我姑酌彼兕觥[7]，	牛觥倒酒拼命灌，
维以不永伤。	借酒浇愁驱悲伤。
陟彼砠矣[8]，	牵着马儿到山上，
我马瘏矣[9]。	眼见坐骑命不长。
我仆痡矣[10]，	我的仆人亦累垮，
云何吁矣[11]。	多苦恼啊太忧伤！

【注释】

[1]盈，满。顷筐，有的学者认为是斜口筐。
[2]置，放置。周行，大道。
[3]陟（zhì至），上升。崔嵬（wéi维）高而不平处。

[4]虺（huǐ毁）隤（tuí颓），难于登高之马病。
[5]姑，姑且。金罍（léi雷），黄金装饰的酒器。
[6]玄黄，发病的样子。
[7]兕（sì四）觥（gōng工），用犀牛角做的酒器。
[8]砠（jū居），石山上盖着些泥土。
[9]瘏（tú徒），马病而不能前进。
[10]痡（pū铺），人病而不能行走。
[11]云，语助词。吁，忧愁状。

樛　木

【导读】

　　这是一首新婚时，赞美、祝贺新郎的诗。诗中以葛藟附樛木喻女子嫁君子，并祝贺新郎前途无量，功成名就。

【评介】

　　"《樛木》，后妃逮下也。言能逮下而无嫉妒之心焉。"（《毛诗序》）

　　"后妃能谐众妾，不嫉妒。其容貌恒以善，言逮下而安之。"（《笺》）

　　"后妃能逮下而无嫉妒之心，故众妾乐其德而称愿之……"（朱熹《诗集传》）

　　"疑奴隶社会民间歌手明颂其主子，阴实讽之，未可与其他群臣颂祷其君之诗等量齐观也。"（陈子展《诗经直解》）

【原诗】	【译诗】
南有樛木[1],	树儿弯弯在南山,
葛藟累之[2]。	葡萄累累把它缠。
乐只君子[3],	好人曲腰笑声欢,
福履绥之[4]。	福禄重重跳加官。
南有樛木,	树儿弯弯在南山,
葛藟荒之[5]。	葡萄累累把它掩。
乐只君子,	好人曲腰笑脸甜,
福履将之。	福禄件件又增添。
南有樛木,	树儿弯弯在南山,
葛藟萦之。	葡萄累累把它挽。
乐只君子,	好人曲腰笑容灿,
福履成之[6]。	福禄般般数不完。

【注释】

[1]樛（jiū鸠），树身弯曲状。

[2]葛藟（lěi垒），野葡萄。累，果实累累，好似把树都压弯了。

[3]只，只在句中或句末皆为语气词。

[4]履，同禄。绥，安。

[5]荒，掩盖。

[6]成，成就，获得。

螽　斯

【导读】

　　这首诗以螽斯众多比喻人之多子，表达了多子多孙、人丁兴旺的美好祝愿。

【评介】

　　"《螽斯》，后妃子孙众多也。言若螽斯不妒忌，则子孙众多。"（《毛诗序》）

　　"后妃不妒忌而子孙众多，故众妾以螽斯之群处和集，而子孙众多比之，言其有是德而宜有是福也。"（朱熹《诗集传》）

　　"《螽斯》主题义与《樛木》同。所不同者，一颂多福禄，一颂多子孙。樛木曲木，螽斯害虫，以为比兴，虽若美之，实含刺意，不可被民间歌手瞒过。"（陈子展《诗经直解》）

【原诗】	【译诗】
螽斯羽[1]，	螳神蜡神翅膀亮，
诜诜兮[2]。	密密麻麻盖天壤。
宜尔子孙，	祝福君子儿孙广，
振振兮[3]！	人才济济在四方。
螽斯羽，	螳神蜡神翅膀长，
薨薨兮[4]。	纷纷扬扬盖天壤。
宜尔子孙，	祝福君子儿孙广，
绳绳兮！	热气腾腾在四方。
螽斯羽，	螳神蜡神翅膀强，

揖揖兮[5]。	浩浩荡荡盖天壤。
宜尔子孙,	祝福君子儿孙广,
蛰蛰兮!	福荫处处在四方。

【注释】

[1]螽（zhōng终）斯，蝗虫一类。古代年终祭祀称蜡（zhà乍），亦有祭蝗神的。

[2]诜（shēn身）诜，集聚状。

[3]振振，下文中绳绳、蛰蛰，皆指众多而盛。亦有指振翅声的一说。

[4]薨（hōng轰）薨，群飞之声，象声词。

[5]揖揖，云集聚汇状。

桃 夭

【导读】

　　这首诗以桃花艳丽喻新娘的青春美好，以桃树果实累累、枝繁叶茂喻婚后生活和睦，人丁兴旺，表达了对新人的美好祝愿。此诗用比喻，形神兼备，似能闻花香果香，开启后世以桃花喻美人的传统。

【评介】

　　"《桃夭》，后妃之所致也。不妒忌则男女以正，婚姻以时，国无鳏民也。"（《毛诗序》）

　　"周礼仲春令会男女。然则桃之有华，正婚姻之时也。""文王之化，自家而国，男女以正，婚姻以时。故诗人因所见以起兴，而叹其女子之贤，知其必有宜其室家也。"（朱熹《诗集传》）

　　"《桃夭》不过取其色以喻'之子'，且春华初茂，即芳龄正盛时

耳，故以为比。"（方玉润《诗经原始》）

"这是一首贺新娘的诗。诗人看见农村春天柔嫩的桃枝和鲜艳的桃花，联想到新娘的年青貌美。"（程俊英《诗经译注》）

【原诗】	【译诗】
桃之夭夭，	娇娇嫩嫩桃蕊茸，
灼灼其华。	鲜鲜亮亮花苞隆。
之子于归[1]，	甜美女郎嫁人去，
宜其室家。	家好室好乐无穷。
桃之夭夭，	娇娇嫩嫩小桃红，
有蕡其实[2]。	红里透白果汁浓。
之子于归，	甜美女郎嫁人去，
宜其家室。	家好园好衣食丰。
桃之夭夭，	娇娇嫩嫩桃花丛，
其叶蓁蓁[3]。	茂茂盛盛绿叶蓬。
之子于归，	甜美女郎嫁人去，
宜其家人。	全家有福满堂红。

【注释】

[1]之子，此女，这位女郎。于，往。归，嫁得其所。于归，意为出嫁。
[2]蕡（fén焚），同斑，色彩斑斓。
[3]蓁（zhēn真）蓁，茂盛状。

兔　罝

【导读】

此诗赞美打猎的武士气宇轩昂，矫健英武，足够得到公侯的信任重用，保卫国家。

【评介】

"《兔罝》，后妃之化也。《关雎》之化行，则莫不好德，贤人众多也。"（《毛诗序》）

"化行俗美，贤才众多，虽罝兔之野人，而其才之可用如此，故诗人因其所事以起兴而美之，而德化之盛，因可见矣。"（朱熹《诗集传》）

"韩说：'殷纣之贤人退处山林，网禽兽而食之。文王举闳夭、泰颠于罝网之中。'"（王先谦《诗三家义集疏》）

"《兔罝》民谣，猎兔者之歌。劳者歌其事，当为猎兔武士自赞，否则为民间歌手刺时。盖奴隶制社会已有武士一阶层为奴隶主之爪牙矣。"（陈子展《诗经直解》）

"这是赞美猎人的诗。诗人在路上看见英姿威武的猎人，正在打桩张网捕兔，联想这些猎人的才力，是可以选拔为保卫国家的武士的。"（程俊英《诗经译注》）

【原诗】	【译诗】
肃肃兔罝[1]，	密密匝匝捕兔网，
椓之丁丁[2]。	叮叮当当擂紧桩。
赳赳武夫，	赳赳昂昂众武士，
公侯干城。	誓为公侯守城墙。

肃肃兔罝，	密密匝匝捕兔网，
施于中逵[3]。	交通要道全布上。
赳赳武夫，	赳赳昂昂众武士，
公侯好仇[4]。	誓为公侯好搭档。

肃肃兔罝，	密密匝匝捕兔网，
施于中林。	树林中央全罩上。
赳赳武夫，	赳赳昂昂众武士，
公侯腹心。	誓为公侯心腹将。

【注释】

[1]肃肃，密密的网眼。罝（jū居），网。
[2]椓（zhuó酌），打桩。
[3]中逵（kuí奎），四通八达的大道中。
[4]好仇（qiú求），好的帮手、搭档。

芣　苢[1]

【导读】

  这是一首描写女子劳作的诗，反复咏叹，节奏明快，似能见女子婀娜矫健的身姿，充满了愉悦的生活气息。

【评介】

  "《芣苢》，后妃之美也。和平则夫人乐有子矣。"（《毛诗序》）

  "化行俗美，家事和平，妇人无事，相与采此芣苢。"（朱熹《诗集传》）

"夫佳诗不必尽皆征实，自鸣天籁，一片好音，尤足令人低回无限，若实而按之，兴味索然矣。读者试平心静气，涵咏此诗。恍听田家妇女，三三五五，于平原绣野，风和日丽中，群歌互答，余音袅袅，若远若近，忽断忽续，不知其情之何以移而神之何以旷。则此诗不必细绎而自得其妙焉。"（方玉润《诗经原始》）

【原诗】
采采芣苢，
薄言采之。
采采芣苢，
薄言有之。

采采芣苢，
薄言掇之[2]。
采采芣苢，
薄言捋之[3]。

采采芣苢，
薄言袺之[4]。
采采芣苢，
薄言襭之[5]。

【译诗】
车前草，采呀采，
眼快手快采过来。
车前草，采起来，
利利索索抬起来。

车前草，采呀采，
眼快手快抓过来。
车前草，采起来，
爽爽快快摘过来。

车前草，采呀采，
满满当当揣起来。
车前草，采得快，
翻起衣服兜起来。

【注释】

[1]芣（fú浮）苢（yǐ以），车前草，可入药。采采，采了又采。
[2]掇（duō多），拾掇。
[3]捋（luō啰），采其上部，或取其籽。
[4]袺（jié洁），翻起衣服装物。
[5]襭（xié斜），用衣贮物，以带缚扎。

汉 广

【导读】

　　这是一首情诗,男子爱上了江对面的一位美丽而高贵的姑娘,可是又宽又长的汉江难以逾越,暗示男子的追求困难重重,不能成功。男子幻想心上人要嫁给自己了,喂驹秣马准备迎娶她。诗中男子痴情而憨厚,十分可爱。

【评介】

　　"《汉广》,德之广所及也。文王之道被于南国,美化行乎江汉之域,无思犯礼,求而不可得也。"(《毛诗序》)

　　"纣时淫风遍于天下,维江汉之域受文王之教化。"(《笺》)

　　"文王之化,自近而远,先及于江汉之间,而有以变其淫乱之俗。故其出游之女,人望见之,而知其端庄静一,非复前日之可求矣。因以乔木起兴,江汉为比,而反复咏叹之也。"(朱熹《诗集传》)

　　"《汉广》,当为江汉流域民间流传男女相悦之诗。"(陈子展《诗经直解》)

【原诗】	【译诗】
南有乔木[1],	南方有树真是高,
不可休思[2]。	不可在那儿去歇脚。
汉有游女,	汉水那边的游玩女,
不可求思[3]。	想去追求难做到。
汉之广矣,	汉水江面宽又广,
不可泳思。	不可游泳去要好。
江之永矣[4],	汉水江流长又长,
不可方思[5]。	不可划船去问好。

翘翘错薪[6], 茂盛的柴草乱糟糟,
言刈其楚[7]。 专斩荆条当烛烧。
之子于归, 要是那姑娘肯嫁我,
言秣其马[8]。 饱马驮来新娘娇。
汉之广矣, 汉水江面宽又广,
不可泳思。 不可游泳去要好。
江之永矣, 汉水江流长又长,
不可方思。 不可划船去问好。

翘翘错薪, 茂盛的柴草乱糟糟,
言刈其蒌[9]。 专砍蒌蒿当烛烧。
之子于归, 要是那姑娘肯嫁我,
言秣其驹。 饱驹驮来新娘俏。
汉之广矣, 汉水江面宽又广,
不可泳思。 不可游泳去要好。
江之永矣, 汉水江流长又长,
不可方思。 不可划船去问好。

【注释】

[1]乔木,高耸的大树。树干挺拔而枝叶稀少。
[2]思,语尾助词,下同。
[3]汉,指汉水,又名汉江。源出陕西省汉中市宁羌县,东流到湖北省武汉市注入长江。
[4]永,长。长久。
[5]方,同舫,小筏或小舟。这里当动词用。
[6]翘翘,众多状。错薪,杂乱的柴草。
[7]刈(yì亿),割。楚,荆条。《诗经》中往往以伐薪引出娶亲,因为古俗往往以燃薪当烛,以示喜庆。

[8]秣（mò末）马，把马喂饱。下文的驹，指少壮之马。
[9]蒌（lóu楼），蒌蒿，青白色的水中草。

汝　坟

【导读】

　　这是一首思妇诗。女子在汝水旁一边砍柴一边想念远役的丈夫，患得患失，忧心忡忡。

【评介】

　　"《汝坟》，道化行也。文王之化行乎汝坟之国，妇人能闵其君子，犹勉之以正也。"（《毛诗序》）

　　"是时文王三分天下有其二，而率商之叛国以事纣，故汝坟之人，犹以文王之命供纣之役。其家人见其勤苦而劳之曰：汝之劳既如此，而王室之政方酷烈而未已。虽其酷烈而未已，然文王之德如父母然，望之甚近，亦可以忘其劳矣。此序所谓妇人能闵其君子，犹勉之以正者。盖曰虽其别离之久，思念之深，而其所以相告语者，犹有尊君亲上之意，而无情爱狎昵之私，则其德泽之深，风化之美，皆可见矣。"（朱熹《诗集传》）

　　"《汝坟》一诗，自明其为《周南》于役大夫之妻之词。"（陈子展《诗经直解》）

【原诗】	【译诗】
遵彼汝坟[1]，	汝水堤上走娇娃，
伐其条枚[2]。	随手折断嫩枝丫。
未见君子，	心上人儿看不到，

惄如调饥[3]。	愁如晨饥眼发花。

遵彼汝坟，	汝水堤上行娇娃，
伐其条肄[4]。	信手撇断小枝丫。
既见君子，	仿佛见我心上人，
不我遐弃[5]。	决不遗弃妻结发。

鲂鱼赪尾[6]，	辛劳鲂鱼红尾巴，
王室如燬[7]。	急如星火是官家。
虽则如燬，	虽说差事如火急，
父母孔迩[8]。	父母很近可牵挂？

【注释】

[1]遵，沿着。汝，汝水，源出河南天息山，向东南流入黄河。坟，指堤岸。

[2]伐，砍。其，指树木。条枚，细微的枝丫。

[3]惄（nì溺），忧愁状。调，同朝；调饥即早上饥饿。

[4]条肄（yì亦），指砍而又生的小树枝，比喻忧愁去而复生。

[5]遐（xiá侠），远。弃，遗弃，抛弃。

[6]赪（chēng撑），赤红色。鲂（fáng房）鱼是一种鳊鱼，据说辛劳的鲂鱼常常累红了尾巴，就像人累红了眼一般。

[7]燬（huǐ毁），火。十万火急的王室之命令差遣。

[8]孔，很。迩，近。

麟之趾

【导读】

这首诗赞美君王的子孙众多,且都贤明而仁厚。

【评介】

"《麟之趾》,《关雎》之应也。《关雎》之化行,则天下无犯非礼,虽衰世之公子,皆信厚如《麟趾》之时。"(《毛诗序》)

"《关雎》之时,以麟为应。后世虽衰,犹存《关雎》之化者,君之宗族犹尚振振然,有似麟之应之时,无以过也。"(《笺》)

"文王后妃德修于身,而子孙宗族皆化于善,故诗人以麟之趾兴公之子,言麟性厚,故其趾亦仁厚;文王后妃仁厚,故其子亦仁厚。"(朱熹《诗集传》)

"这是一首阿谀统治者子孙繁盛多贤的诗。"(程俊英《诗经译注》)

【原诗】	【译诗】
麟之趾[1],	麒麟蹄大不踢人,
振振公子[2]。	公子厚道不害人。
于嗟麟兮!	多么祥和的麟种哟!
麟之定[3],	麒麟额宽不撞人,
振振公姓[4]。	王孙厚道不损人。
于嗟麟兮!	多么祥和的麟种哟!
麟之角,	麒麟角尖不触人,
振振公族。	王族厚道不整人。
于嗟麟兮!	多么祥和的麟种哟!

【注释】

[1]麟,麒麟是传说中的吉祥仁兽,头生一角,鹿身、马蹄、牛尾。据说麒麟作为瑞祥之兆,不伤害人。趾,蹄。

[2]振振,厚道,诚实。

[3]定,即顶,额头。

[4]公姓,指诸侯王公的孙子。下文公族,为诸侯曾孙以下之总称。

国风·召南

鹊　巢

【导读】

此诗以鸠入鹊巢喻女子嫁到夫家。女子出嫁时，有百辆车子迎送，可能是以夸张的手法来表达对新娘的美好祝福。

【评介】

"《鹊巢》，夫人之德也。国君积行累功，以致爵位。夫人起家而居有之，德如鸤鸠，乃可以配焉。"（《毛诗序》）

"起家而居有之，谓嫁于诸侯也。夫人有均壹之德如鸤鸠然，而后可配国君。"（《笺》）

"南国诸侯被文王之化，能正心修身以齐其家，其女子亦被后妃之化，而有专静纯一之德。"（朱熹《诗集传》）

"《鹊巢》，言国君夫人婚礼之诗。"（陈子展《诗经直解》）

"这是一首颂新娘的诗。诗人看见鸠居鹊巢，联想到女子出嫁、住进男家，就拿来作比。"（程俊英《诗经译注》）

【原诗】	【译诗】
维鹊有巢[1]，	喜鹊树上筑好巢，
维鸠居之[2]。	引来借居八哥笑。
之子于归，	这位姑娘出嫁了，
百两御之[3]。	百车迎娶齐来到。
维鹊有巢，	喜鹊树上筑好巢，
维鸠方之[4]。	招来八哥睡美觉。
之子于归，	这位姑娘出嫁了，
百两将之[5]。	百车护送真热闹。

维鹊有巢，	喜鹊树上筑好巢，
维鸠盈之[6]。	满窝八哥喳喳叫。
之子于归，	这位姑娘出嫁了，
百两成之[7]。	百车嫁娶婚礼妙。

【注释】

[1]维，语首助词。鹊，喜鹊。

[2]鸠（jiū究），鸤鸠，即八哥。

[3]御，音义同"迓"，迎接之义。

[4]方，占有。

[5]将，保卫，护送。

[6]盈，住满了。

[7]成，婚礼成就，大功告成。

采 蘩

【导读】

　　这首诗写女子忙于为公侯采蘩养蚕，一刻不得停歇。一说是公侯夫人以蘩助祭。

【评介】

　　"《采蘩》，夫人不失职也。夫人可以奉祭祀，则不失职矣。"（《毛诗序》）

　　"奉祭祀者，采蘩之事也。不失志者，夙夜在公也。"（《笺》）

　　"南国被文王之化，诸侯夫人能尽诚敬以奉祭祀，而其家人叙其事以美之也。"（朱熹《诗集传》）

"《采蘩》,言夫人可以奉祭祀不失职。"(陈子展《诗经直解》)

【原诗】	【译诗】
于以采蘩[1]?	白蒿要到哪里采?
于沼于沚[2]。	沼泽池塘到处栽。
于以用之?	白蒿采了哪里用?
公侯之事[3]。	公侯祭祀案上摆。
于以采蘩?	白蒿要到哪里采?
于涧之中。	溪涧水中到处栽。
于以用之?	白蒿采了哪里用?
公侯之宫[4]。	公侯宗庙任安排。
被之僮僮[5],	瞧她首饰多丰采,
夙夜在公[6]。	从早到晚娱神来。
被之祁祁[7],	瞧她打扮多鲜艳,
薄言还归。	急急匆匆把家回。

【注释】

[1]于以,在何处,在哪里。蘩,白蒿。

[2]沼,池子。沚(zhǐ只),水塘。泛指低洼处。

[3]公侯之事,指祭祀事。

[4]宫,宗庙。

[5]被,首饰。僮僮(tóng同),状首饰之盛多。

[6]公,公事,祭祀事。即娱神,又娱人,女巫难于脱身。

[7]祁(qí齐)祁,本称云多,亦摹状首饰之盛,打扮之鲜艳。

草　虫

【导读】

　　这是一首思妇诗，女子的悲喜全系在远行的丈夫身上。见不到的时候忧心忡忡；见到了立刻欣喜若狂。

【评介】

　　"《草虫》，大夫妻能以礼自防也。"（《毛诗序》）

　　"南国被文王之化，诸侯大夫行役在外，其妻独居，感时物之变，而思其君子如此。"（朱熹《诗集传》）

　　"这是一首思妇诗。""诗通过物候的变易和内心变化的描写，衬托出别离之苦。"（程俊英《诗经译注》）

【原诗】	【译诗】
喓喓草虫[1]，	蝈蝈"喓喓"直叫喊，
趯趯阜螽[2]。	蚱蜢蹦蹦跳不完。
未见君子，	许久未见那好男儿，
忧心忡忡[3]。	忧心忡忡真愁烦。
亦既见止，	终于与他相见了，
亦既觏止[4]，	终于与他欢会了，
我心则降[5]。	心中的石头往下掼。
陟彼南山，	一路爬陟上南山，
言采其蕨[6]。	我采蕨菜把高攀。
未见君子，	许久未见那好男儿，
忧心惙惙[7]。	忧思不定真作难。
亦既见止，	终于与他相见了，

亦既觏止， 终于与他欢会了，
我心则说[8]。 满心喜悦心地宽。

陟彼南山， 一路爬陟上南山，
言采其薇[9]。 我采薇菜把高攀。
未见君子， 许久未见那好男儿，
我心伤悲。 我心伤悲真可怜。
亦既见止， 终于与他相见了，
亦既觏止， 终于与他欢会了，
我心则夷[10]。 心潮平静不卷翻。

【注释】

[1]草虫，蝈蝈。喓喓（yāo腰），蝈蝈的叫声。

[2]趯趯（tì惕），跳跃状。阜（fù富）螽（zhōng中），蚱蜢。

[3]忡忡（chōng充），心绪不宁状。

[4]觏（gòu够），遇见，与欢媾相通。止，语尾助词。

[5]降，落下，放心。

[6]蕨（jué决），可食用的山菜。

[7]惙惙（chuò绰），忧伤，心慌气短，主意不定。

[8]说，通悦，喜悦。

[9]薇，野豌豆苗。

[10]夷，平。心安则平。

采　蘋

【导读】

这首诗描写女子采蘋藻祭祖，这可能是当时女子出嫁时的一种仪式。

【评介】

"《采蘋》，大夫妻能循法度也。能循法度，则可以承先祖，共祭祀矣。"（《毛诗序》）

"女子十年不出，姆教，婉娩听从。执麻枲、治丝茧、织纴组紃，学女事以供衣服。观于祭祀，纳酒浆、笾豆、菹醢，礼相助奠。十有五而笄，二十而嫁。此言能循法度者。今既嫁为大夫妻，能循其为女之时所学、所观之事，以为法度。"（《笺》）

"南图被文王之化，大夫妻能奉祭祀，而其家人叙其事以美之也。"（朱熹《诗集传》）

"《采蘋》，为'贵族之女'（《后笺》）在家'教成之祭'（《笺》）而作。"（陈子展《诗经直解》）

【原诗】	【译诗】
于以采蘋[1]？	采浮萍，在何方？
南涧之滨。	南溪边，流水旁。
于以采藻[2]？	采水藻，哪一方？
于彼行潦[3]。	沟水底，积水汪。
于以盛之？	用啥工具来盛装？
维筐及筥[4]。	圆的筥，方的筐。
于以湘之[5]？	用啥器皿来烹煮？
维锜及釜[6]。	有脚、无脚的锅熬汤。

于以奠之？	祭物备好哪里放？
宗室牖下[7]。	宗庙里边靠天窗。
谁其尸之[8]？	要问是谁在主持？
有齐季女[9]。	美丽的少女在中央。

【注释】

[1]蘋（pín贫），水上的浮萍，可以吃。

[2]藻，生在水底，叶子像蒿，可以食用。

[3]行，沟水。潦，雨后的积水。

[4]筥（jǔ举），篾编的容器，圆形，与方竹筐相对应。

[5]湘，烹煮。鬺的假借字。

[6]锜（yǐ椅），三足锅。釜（fǔ甫），没脚的锅。

[7]宗室，宗庙。牖（yǒu有），天窗。

[8]尸，主持祭祀活动的人。

[9]齐，美丽，本字为齌。季女，少女，处女。

甘　棠

【导读】

　　这首诗表达人们对召伯的尊敬和怀念。周宣王时，召伯征伐淮夷有功。

【评介】

　　"《甘棠》，美召伯也。召伯之教，明于南国。"（《毛诗序》）

　　"召伯循行南国以布文王之政，或舍甘棠之下。其后人思其德，故爱其树而不忍伤也。"（朱熹《诗集传》）

　　"鲁说曰：'召公之治西方，甚得兆民和。召公巡行乡邑，有棠树，决狱听政其下。自侯伯庶人各得其所，无失职着。召公卒，而民思召公之政，怀甘棠不敢伐，歌咏之，作《甘棠》之诗。'"（王先谦《诗三家义集疏》）

"周宣王时的召虎，辅助宣王征伐南方的淮夷，颇有功劳。人民作《甘棠》一诗怀念他。"（程俊英《诗经译注》）

【原诗】　　　　【译诗】
蔽芾甘棠[1]，　　杜梨树高枝叶盛，
勿翦勿伐[2]，　　别剪枝叶砍树身，
召伯所茇[3]。　　当年召伯栖其身。

蔽芾甘棠，　　　杜梨树高枝叶繁，
勿翦勿败[4]，　　别剪枝叶毁树干，
召伯所憩[5]。　　当年召伯睡得甜。

蔽芾甘棠，　　　杜梨树高枝叶叠，
勿翦勿拜[6]，　　别拔树根剪枝叶，
召伯所说[7]。　　当年召伯在此歇。

【注释】
[1]蔽芾（fèi肺），高大而茂盛，遮天蔽日。甘棠，杜梨树。红梨树为"杜"。
[2]翦同剪，伐即砍。
[3]召伯，姬姓，名虎，周宣王时将他封在召地，故称召伯。召伯甘棠树相传在今河南陕县。
[4]败，毁坏。
[5]憩（qì器），休息，小睡。
[6]拜，扒，拔掉。
[7]说（shuì税），休歇。

行　露

【导读】

　　这是一首拒婚诗。诗中女子斥责男子的丑陋行为：已有家室，却又想强娶她。女子不惧怕打官司、坐监狱，坚决不屈从，颇有几分威武不屈的男子气概。

【评介】

　　"《行露》，召伯听讼也。衰乱之俗微，贞信之教兴，强暴之男，不能侵陵贞女也。"（《毛诗序》）

　　"衰乱之俗微，贞信之教兴者，此殷之末世，周之盛德，当文王与纣之时。"（《笺》）

　　"南国之人，遵召伯之教，服文王之化，有以革其前日淫乱之俗。故女子有能以礼自守，而不为强暴所污者，自述己志，作此诗以绝其人。"（朱熹《诗集传》）

　　"鲁说曰：'君子以为得妇道之宜，故举而扬之，传而法之，以绝无礼之求，防淫泆之行。'"（王先谦《诗三家义集疏》）

　　"《行露》，为一女子拒绝与一已有室家之男子重婚而作。"（陈子展《诗经直解》）

　　"一个强横的男子硬要聘娶一个已有夫家的女子，并且以打官司作为压迫女方的手段。女子的家长并不屈服，这诗就是他给对方的答复。"（余冠英《诗经选译》）

【原诗】

厌浥行露[1],
岂不夙夜?
谓行多露[2]。

谁谓雀无角?
何以穿我屋?
谁谓女无家[3]?
何以速我狱[4]?
虽速我狱,
室家不足[5]。

谁谓鼠无牙?
何以穿我墉[6]?
谁谓女无家?
何以速我讼?
虽速我讼,
亦不女从[7]!

【译诗】

路上的露水湿漉漉,
不是我不愿早晚走,
只因露多难赶路。

谁说雀鸟不长角,
靠什么穿透我的屋?
谁说你未曾娶媳妇,
凭什么将我送监狱?
哪怕你将我送监狱,
逼嫁无礼你少礼数。

谁说老鼠不长牙,
靠什么穿透我墙缝?
谁说你未曾娶媳妇,
凭什么将我来诉讼?
哪怕你将我起诉讼,
强娶无理我不依从。

【注释】

[1]厌浥（yì艺）,露水潮湿状。行,路。

[2]谓,同畏,怕。

[3]女,汝,你。无家,未成家,没娶过媳妇。

[4]速,招致。速我狱,害得我进牢狱。

[5]室家不足,逼婚的理由不充分。男子有妻室,女子有夫家,相互间成为妻室夫家的结婚理由难于成立。

[6]墉（yōng拥）,墙。

[7]女从,从汝。

羔 羊

【导读】

　　这首诗讽刺上层官吏过着锦衣玉食的生活，却终日无所事事，毫无建树。

【评介】

　　"《羔羊》，《鹊巢》之功致也。召南之国，化文王之政，在位皆节俭正直，德如羔羊也。"（《毛诗序》）

　　"《鹊巢》之君积行累功，以致此《羔羊》之化。在位卿大夫竞相切化，有如此《羔羊》之人。"（《笺》）

　　"南国化文王之政，在位皆节俭正直，故诗人美其衣服有常，而从容自得如此也。"（朱熹《诗集传》）

　　"齐说曰：'羔羊皮革，君子朝服。辅政扶德，以合万国。'韩说曰：'诗人贤仕为大夫者，言其德能称，有洁白之性，屈柔之性，进退有度数也。'"（王先谦《诗三家义集疏》）

　　"《羔羊》，为从官服羔裘素描官僚形象之诗。""正言若反，美中寓刺，彼时民间诗人之艺术手法亦与时偕进矣。"（陈子展《诗经直解》）

　　"统治阶级的官吏们过着衣裘公食，吸吮人民血汗的奢侈生活，诗人写了此诗予以讽刺。"（程俊英《诗经译注》）

【原诗】	【译诗】
羔羊之皮，	羔羊的皮毛好衣裘，
素丝五紽[1]。	雪白的丝线横斜兜。
退食自公[2]，	朝中醉饱回家转，
委蛇委蛇[3]！	一路晃悠歪歪扭。

羔羊之革[4]，	羔羊的皮革好衣裘，
素丝五绒。	雪白的丝线穿缝就。
自公退食，	一路趄趄歪歪扭，
委蛇委蛇！	朝中回家吃醉酒。
羔羊之缝，	羔羊毛裘众皮缀，
素丝五总。	雪白的丝线联缀就。
退食自公，	一路踉跄歪歪扭，
委蛇委蛇！	朝中醉酒回家走。

【注释】

[1]素丝，白丝线。五，交叉状。纮（tuó驼）、绒（yù玉）、总，都是缝的意思。

[2]自，从。公，朝中公膳。退食，吃饱饭回家。

[3]委蛇（wēi yí 威移），迂曲歪斜状。

[4]革，皮袍的里子。毛皮亦称皮革。

殷其雷

【导读】

　　这是一首思妇诗，以雷声起兴。女子在提问之中略带幽怨之意，反复呼唤远行的丈夫速速归家。诗中女子的感情炽热而直接，不同于《卷耳》的含蓄婉转。

【评介】

　　"《殷其雷》，劝以义也。召南之大夫远行从政，不遑宁处，其室

家闵其勤劳,劝以义也。"(《毛诗序》)

"南国被文王之化,妇人以其君子从役在外而思念之,故作此诗。"(朱熹《诗集传》)

"盖殷雷以喻其国之声威,而望其君子从军以归也。"(陈子展《诗经直解》)

【原诗】

殷其雷[1],
在南山之阳[2]。
何斯违斯[3],
莫敢或遑[4]。
振振君子[5],
归哉归哉!

殷其雷,
在南山之侧。
何斯违斯,
莫敢遑息。
振振君子,
归哉归哉!

殷其雷,
在南山之下。
何斯违斯,
莫敢遑处[6]。
振振君子,
归哉归哉!

【译诗】

轰轰隆隆雷声大,
南山阳峰真可怕。
何苦此时离此地?
不敢偷闲躲在家。
尽职守信的夫君啊,
归来吧,归来吧!

轰轰隆隆雷声炸,
南山旁侧真可怕。
何苦此时离此地?
不敢偷闲歇在家。
尽职守信的夫君啊,
归来吧,归来吧!

轰轰隆隆惊雷塌,
南山山脚真可怕。
何苦此时离此地?
不敢偷闲住在家。
尽职守信的夫君啊,
归来吧,归来吧!

【注释】

[1]殷,雷声。

[2]阳,南面。

[3]何斯违斯,两个斯字分别指代时地。违,离开。因为上命差遣、公事繁忙而不得不在雷雨天离家外出。

[4]遑,暇,空闲。

[5]振振,忠实守信的样子。

[6]处,居住。

摽有梅

【导读】

　　这首诗以第一人称写怀春少女的微妙心理,用比极为巧妙贴切。"我"就像成熟的梅子,希望心上人不要错过最佳的采摘时机,青春易逝,速速来迎娶。女子急切的心情在梅子的不断掉落中达到高潮。

【评介】

　　"《摽有梅》,男女及时也。召南之国,被文王之化,男女得以及时也。"(《毛诗序》)

　　"南国被文王之化,女子知以贞信自守,惧其嫁不及时,而有强暴之辱也。故言梅落而在树者少,以见时过而太晚矣,求我之众士,其必有及此吉日而来者乎?"(朱熹《诗集传》)

　　"嫁娶不及时,则有旷男关怨女,男诱女奔者矣。仲春嫁娶期尽,至孟夏而梅熟,老女不嫁,而《摽梅》之诗作矣。"(陈子展《诗经直解》)

　　"这是一位待嫁女子的诗。她望见梅子落地,引起青春将逝的伤

感，希望马上有人来求婚。"（程俊英《诗经译注》）

【原诗】	【译诗】
摽有梅[1]，	树上梅子纷纷掉，
其实七兮[2]。	眼看只剩七成了。
求我庶士[3]，	追求我的小伙啊，
迨其吉兮[4]。	好日子切莫错过了！
摽有梅，	树上梅子成串掉，
其实三兮。	眼看只剩三成了。
求我庶士，	追我求我的小伙啊，
迨其今兮。	良辰吉日今天到！
摽有梅，	树上梅子连片掉，
顷筐塈之[5]。	拾进竹筐保管好。
求我庶士，	追我求我的好小伙啊，
迨其谓之[6]。	趁早同居乐逍遥！

【注释】

[1]摽（biāo标），掉落。

[2]实，指果实，即梅子。七指十分之七，七成。

[3]庶，众。士，未结婚的处男。

[4]迨（dài带），及早，趁早。吉，吉日，好日子。

[5]顷筐，浅筐。塈（xì细），取。

[6]谓，通会，古代未婚男女可于仲春时自由择偶同居。

小 星

【导读】

　　这首诗的主人公是一个感叹命运不公的小官吏。他日夜为公事奔波，随身还带着被子和蚊帐，可见常常要露宿街头或野外。这个小小的细节却让我们感受到一个底层小官吏的悲惨境遇。

【评介】

　　"《小星》，惠乃下也。夫人无妒忌之行，惠及贱妾，进御于君，知其命有贵贱，能尽其心矣。"（《毛诗序》）

　　"以色曰妒，以行曰忌。命，谓礼命贵贱。"（《笺》）

　　"南国夫人承后妃之化，能不妒忌以惠其下，故其众妾美之如此。盖众妾进御于君，不敢当夕，见星而往，见星而还，故因所见以起兴。"（朱熹《诗集传》）

　　"齐说曰：'旁多小星，三五在东。早夜晨行，劳苦无功。'"（王先谦《诗三家义集疏》）

　　"《小星》，当是小臣行役自伤劳苦之诗。"（陈子展《诗经直解》）

　　"本篇写小臣出差，连夜赶路，想到尊卑之间劳逸不均，不觉发出怨言。"（余冠英《诗经选译》）

【原诗】	【译诗】
嘒彼小星[1]，	小星星，亮晶晶，
三五在东。	东方天上眨眼睛。
肃肃宵征[2]，	疾如星火夜间行，
夙夜在公，	没早没晚公事勤，
实命不同[3]。	人眠我忙不同命。

嘒彼小星，	小星星，亮晶晶，
维参与昴[4]。	参、昴二宿挂天灯。
肃肃宵征，	疾如星火夜间行，
抱衾与裯，	薄衾蚊帐抱在身，
实命不犹[5]。	世上就数我苦命。

【注释】

[1]嘒（huì会），形容小星星的微弱光芒。

[2]肃，同"速"，走路速度很快。

[3]实，确实如此。全句谓命运不如旁人。

[4]参（shēn申）昴（mǎo卯），西方二星宿之名。

[5]犹，相同。不犹，不如。

江有汜

【导读】

　　这是一首弃妇诗，丈夫已另结新欢，女子却还在苦苦哀求他回心转意。诗以长江有支流来说明男子背叛婚姻的合情理，可见当时女性地位低下，生活没有保障。

【评介】

　　"《江有汜》，美媵也。勤而无怨，嫡能悔过也。文王之时，江沱之间，有嫡不以其媵备数，媵遇劳而无怨，嫡亦自悔也。"（《毛诗序》）

　　"勤者以己宜媵而不得，心望之。"（《笺》）

　　"是时汜水之旁，媵有待年于国，而嫡不与之偕行者，其后嫡被后

妃夫人之化，乃能自悔而迎之。故媵见江水之有汜，而因以起兴……"（朱熹《诗集传》）

"此必江汉商人远归梓里，弃其妾不以相从，始则不以备数。继则不与偕行，终且望其庐舍而不之过。妾乃作此诗以自叹而自解耳。"（方玉润《诗经原始》）

"细玩诗意，实为言男女间关系之诗。谓有往来大江汜沱之间商人乐其新婚而忘其旧姻，其妻抱怨自伤而作。"（陈子展《诗经直解》）

【原诗】　　　　【译诗】

江有汜[1]，　　　江水尚且有旁系，
之子归[2]，　　　自从新娘娶来后，
不我以[3]。　　　你便狠心将我弃。
不我以，　　　　将我弃，
其后也悔。　　　悔之莫及就是你！

江有渚[4]，　　　江水尚且有旁支，
之子归，　　　　自从新人娶来后，
不我与[5]。　　　你便狠心将我遗。
不我与，　　　　将我遗，
其后也处？　　　自行苦恼就是你！

江有沱[6]，　　　江水尚且有旁溪，
之子归，　　　　自打新欢娶来后，
不我过[7]。　　　你便狠心将我离。
不我过，　　　　将我离，
其啸也歌！　　　嚎啕痛哭等着你！

【注释】

[1]汜（sì似），江水之支流。

[2]之子，丈夫所娶之新妇。归，嫁过来。

[3]不我以，不以我为妻，丈夫不要我。

[4]渚（zhǔ主），江心小洲。

[5]不我与，不与我相处，不理睬我。

[6]沱（tuó驮），江水支流。

[7]不我过，不过来看我。

野有死麕

【导读】

　　这是一个如此简单的爱情故事：英俊的男子用猎得的麕和鹿"引诱"一个美丽的女子，这个怀春的少女毫不犹豫地爱上了他，并把他带回了家。这首诗表现出一种不受束缚的青春冲动，危险却充满诱惑。

【评介】

　　"《野有死麕》，恶无礼也。天下大乱，强暴相陵，遂成淫风。被文王之化。虽当乱世，犹恶无礼也。"（《毛诗序》）

　　"'无礼'者，为不由媒妁雁币不至，劫胁以成昏，谓纣之世。"（《笺》）

　　"南国被文王之化，女子有贞洁自守，不为强暴所污者。故诗人因所见以兴其事而美之，或曰赋也。言美士以白茅包其死麕，而诱怀春之女也。"（朱熹《诗集传》）

　　"愚意此必高人逸士抱璞怀贞，不肯出而用世，故托言以谢当世求才之贤也。"（方玉润《诗经原始》）

　　"《野有死麕》，无疑为男女恋爱之诗，其词若出女歌手。其男为

吉士,为猎者,盖属于当是社会上所谓士之一阶层。"(陈子展《诗经直解》)

"这诗写丛林里一个猎人,获得了獐和鹿,也获得了爱情。"(余冠英《诗经选译》)

"这是一对青年男女恋爱的诗。男的是一位猎人,他在郊外丛林里遇见了一位似花如玉的少女,即以小鹿为赠,终于获得爱情。"(程俊英《诗经译注》)

【原诗】
野有死麕[1],
白茅包之。
有女怀春,
吉士诱之[2]。

林有朴樕[3],
野有死鹿。
白茅纯束[4],
有女如玉。

舒而脱脱兮[5]!
无感我帨兮[6]!
无使尨也吠[7]!

【译诗】
荒野死了獐一条,
扯把白茅将它包。
年轻的姑娘春心动,
俏小伙引诱把她撩。

林中长着小树苗,
鹿儿长眠在荒郊。
白茅齐整包扎好,
纯玉般的姑娘多美妙。

温温柔柔莫急躁啊,
不要拉扯我围腰啊,
不要引得狗儿叫啊!

【注释】
[1]麕(jūn君),小獐,亦为鹿的方言称谓。
[2]吉士,美好的男青年。
[3]朴樕(sù速),小树。古人常烧朴樕,作为结婚蜡烛。
[4]纯束,捆绑、包扎起来。

[5]舒，舒缓。脱脱，慢慢地行动，小心翼翼的样子。
[6]感，撼，扯动。帨（shuì 税），女子肚前所系围裙。
[7]尨（máng 芒），凶猛的狮子狗。

何彼秾矣

【导读】

这首诗写齐侯的女儿出嫁，皇族的婚礼豪华隆重，极尽奢华。

【评介】

"《何彼秾矣》：美王姬也。虽则王姬，亦下嫁于诸侯。车服不系其夫，下王后一等，犹执妇道，以成肃雍之德也。"（《毛诗序》）

"王姬下嫁于诸侯，车服之盛如此，而不敢挟贵以骄其夫家。故见其车者，知其能敬且和以执妇道，于是作诗美之……"（朱熹《诗集传》）

"三家说曰：'言齐侯嫁女，以其母王姬始嫁之车远送之。'"（王先谦《诗三家义集疏》）

"齐侯的女儿出嫁，车辆服饰侈丽。这首诗隐约地讽刺了贵族王姬德色的不相称。"（程俊英《诗经译注》）

【原诗】	【译诗】
何彼秾矣[1]？	为何小姐那般秾丽？
唐棣之华[2]。	就像那唐棣盛花期。
曷不肃雍[3]？	多么端方令人顶礼，
王姬之车[4]。	那是宫眷的车子。
何彼秾矣？	为何公主那般秾丽？
华如桃李。	美艳像桃李美花期。

平王之孙[5]，	她是那平王的外孙女，
齐侯之子[6]。	她是那齐侯的女公子。

其钓维何？	该用什么来垂钓？
维丝伊缗[7]。	放长丝啊钓大鱼。
齐侯之子，	她是那齐侯的女公子，
平王之孙。	她是那平王的外孙女。

【注释】

[1]秾（nóng浓），浓艳亮丽。

[2]唐棣（dì弟），形如白杨，结籽可食。华，花。

[3]曷，何。曷不，何不。肃雍（yōng拥），严肃、恭敬而和睦。

[4]王姬，周王姓姬，所以其女儿、孙女都概称王姬。

[5]平王，东周平王宜臼。

[6]子，女儿。

[7]维，用。缗（mín民），钓鱼的丝线，又称纶。

驺 虞

【导读】

　　这是一首赞美猎人神勇的诗。

【评介】

　　"《驺虞》，《鹊巢》之应也。《鹊巢》之化行，人伦既正，朝廷既治，天下纯被文王之化，则庶类蕃殖，搜田以时。仁如驺虞，则王道成也。"（《毛诗序》）

"南国诸侯承文王之化，修身齐家以治其国，而其仁民之余恩，又有以及于庶类。故其春田之际，草木之茂，禽兽之多，至于如此。而诗人述其事以美之，且叹之曰，此其仁心自然，不由勉强。是即真所谓驺虞矣。"（朱熹《诗集传》）

"鲁说：'《驺虞》者，邵国之女所作也。古者圣王在上，君子在位，役不逾时，不失佳会。内无怨女，外无旷夫。及周道衰微，礼仪废弛，强陵弱，众暴寡，万民骚动，百姓愁苦，男怨于外，女伤于内，内外无主，内迫情性，外逼礼仪，叹伤所说，而不逢时，于是援琴而歌。'"（王先谦《诗三家义集疏》）

"《驺虞》，为有关春日田猎，驱除害兽，举行一种仪式之诗。"（陈子展《诗经直解》）

【原诗】	【译诗】
彼茁者葭[1]，	芦苇长得多茁壮，
壹发五豝[2]。	他把肥猪来射伤。
于嗟乎驺虞[3]！	好家伙，这猎人真棒！
彼茁者蓬[4]，	蓬蒿长得多茁壮，
壹发五豵[5]。	他把小猪来射伤。
于嗟乎驺虞！	好家伙，这猎人真强！

【注释】

[1]茁，茁壮。葭（jiā加），芦苇。

[2]壹，语助词。发，射箭。豝（bā巴），肥猪的古称；也有人解释成为母猪与小猪。

[3]于，吁。嗟乎，感叹词。驺（zōu邹）虞，古之兽官，这里指猎手。

[4]蓬，草，蓬蒿。

[5]豵（zōng宗），一岁的小猪。

国风·邶风

柏　舟

【导读】

　　这是一首弃妇诗。女子被丈夫抛弃，却得不到兄弟帮助，甚至还遭到小人的侮辱。她虽然满腹委屈，却没有幻想丈夫回心转意，反而坚信自己的品格高洁。本诗大大不同于其他的弃妇诗。

【评介】

　　"《柏舟》，言仁而不遇也。卫顷公之时，仁人不遇，小人在侧。"（《毛诗序》）

　　"妇人不得于其夫，故以柏舟自比。言以柏为舟，坚致牢实，而不以乘载，无所依泊，但泛然于水中尔。故其隐忧之深如此，非为无酒可以敖游而解之也。《列女传》以此为妇人之诗。今考其辞气卑顾柔弱，且居变风之首，而与下篇相类，岂亦庄姜之诗也钦？"（朱熹《诗集传》）

　　"《柏舟》，盖卫同姓之臣，仁人不遇之诗。"（陈子展《诗经直解》）

　　"这是一位妇女自伤不得于夫、见侮于众妾的诗。"（程俊英《诗经译注》）

【原诗】	【译诗】
泛彼柏舟[1]，	柏木船儿江上游，
亦泛其流。	一漂漂到水中流。
耿耿不寐[2]，	眼儿张大难入睡，
如有隐忧。	心里痛楚难出口。
微我无酒[3]，	闺中岂无醇美酒，
以敖以游。	乘着酒兴去遨游。

我心匪鉴[4],	我的心曲非明镜,
不可以茹[5]。	难把是非显清楚。
亦有兄弟,	我也有同胞兄弟们,
不可以据。	有事不可靠手足。
薄言往愬[6],	赶到兄弟处把苦诉,
逢彼之怒。	招惹他们大发怒。
我心匪石,	我的心儿非石头,
不可转也。	不可随意搬左右。
我心匪席,	我的心儿非席子,
不可卷也。	不可随时来卷收。
威仪棣棣[7],	面子上威严要摆足,
不可选也[8]。	哪能轻易低下头!
忧心悄悄,	我的心事好忧愁,
愠于群小[9]。	小人成群将我诟。
觏闵既多[10],	多少苦难眼前过,
受侮不少。	多少侮辱在心头。
静言思之,	安静下来想一想,
寤辟有摽[11]。	睡梦里不住捶胸口。
日居月诸,	太阳啊,月亮啊,
胡迭而微[12]?	为何交替辉光瘦?
心之忧矣,	满心烦恼藏心底,
如匪浣衣[13]。	犹如脏衣藏污垢。
静言思之,	安静下来想一想,
不能奋飞。	恨无双翅远飞走。

【注释】

[1]泛,漂流。柏舟,柏木船儿。

[2]耿耿,微弱之光。全句写失眠人睁着眼睛看夜光,想心事。

[3]微,非,不是。

[4]匪,不是。鉴,镜子。

[5]茹(rú如),容纳。

[6]薄,语助词。往愬(sù速),到兄弟处去诉苦。

[7]威仪,端庄严肃之仪表。棣棣,安和状。

[8]选,一说为退让;另一说谓自己容貌之美难于挑选。

[9]愠,怨。群小,一群小人,有人说是指众妾。

[10]觏(gòu构)闵,遭人陷害。

[11]寤,睡醒。辟,撆,手拍胸膛。摽,拍胸状。

[12]胡,为什么。迭,交相更替。微,昏暗。

[13]匪,未曾。全句说自己心态有如没洗的脏衣一般难受之极。

绿 衣

【导读】

　　这是一首怀念妻子的诗。手中的"绿衣"是妻子所制,睹物思人,忧思不绝。

【评介】

　　"《绿衣》,卫庄姜伤己也。妾上僭,夫人失位而作是诗也。"(《毛诗序》)

　　"庄公惑于嬖妾,夫人庄姜贤而失位,故作此诗。言绿衣黄里,以比贱妾尊显而正嫡幽微,使我忧之不能自已也。"(朱熹《诗集传》)

"齐说曰：'黄里绿衣，君服不宜。淫湎毁常，失其宠光。'"（王先谦《诗三家义集疏》）

"《绿衣》，为卫庄姜夫人失位，妒嬖妾而伤自己之诗。"（陈子展《诗经直解》）

"这是男子睹物怀人，思念故妻的诗。'绿衣黄裳'是'故人'亲手所制，衣裳还穿在身上，做衣裳的人已经见不着（生离或死别）了。"（余冠英《诗经选译》）

【原诗】	【译诗】
绿兮衣兮，	绿色衣，绿色衣，
绿衣黄里[1]。	绿面子，黄里子。
心之忧矣，	我的心啊多忧愁，
曷维其已[2]？	何日何时才能止？
绿兮衣兮，	绿色衣，绿色衣，
绿衣黄裳[3]。	上绿衣，下黄裳。
心之忧矣，	我的心儿多忧伤，
曷维其亡[4]？	何日何时才能忘？
绿兮丝兮，	绿色丝，绿色丝，
女所治兮[5]。	一丝一缕是你织。
我思古人，	思念我那好前妻，
俾无訧兮[6]。	劝我处世少过失。
缔兮绤兮[7]，	粗葛布，细葛布，
凄其以风[8]。	又风凉，又透气。
我思古人，	怀念我那好妻室，
实获我心。	实在符合我心意。

【注释】

[1]衣,指外衣。里,衬里。
[2]曷,何。维,语助词。已,停止。
[3]裳,下衣,有如裙子,古人男女都穿裳。
[4]亡,忘,忘记。
[5]治,纺织裁剪。
[6]俾(bǐ比),使。訧(yóu尤),过犯,错误。
[7]绨(chī痴),细葛布。绤(xì戏),粗葛布。
[8]凄,凉爽透气。

燕　燕

【导读】

这是一首送女子出嫁的诗。诗中以燕子归去喻女子出嫁,送别之人万般不舍,充满伤感的情绪。

【评介】

"《燕燕》,卫姜公送归妾也。"(《毛诗序》)

"庄姜无子,以陈女戴妫之子完为己子。庄公卒,完即位,嬖人之子州吁弑之。故戴妫大归于陈,而庄姜送之,作此诗也。"(朱熹《诗集传》)

【原诗】	【译诗】
燕燕于飞,	燕子双双飞比翼,
差池其羽[1]。	参差不齐展双翅。
之子于归[2],	这位妹子嫁人去,

远送于野。	远远送到郊野地。
瞻望弗及,	翘望倩影渐消失,
泣涕如雨。	涕泪交流如下雨!
燕燕于飞,	燕子双双飞比翼,
颉之颃之[3]。	上上下下比高低。
之子于归,	这位妹子嫁人去,
远于将之[4]。	远远送她到天际。
瞻望弗及,	翘望倩影渐消失,
伫立以泣。	久久站立嗟何及。
燕燕于飞,	燕子双双飞比翼,
下上其音。	高高低低娇音啼。
之子于归,	这位妹子嫁人去,
远送于南。	远远送她到南溪。
瞻望弗及,	翘望倩影渐消失,
实劳我心。	心力交瘁难收拾。
仲氏任只[5],	为人可信二妹子,
其心塞渊[6]。	心事深思又熟虑。
终温且惠,	既温柔,又和气,
淑慎其身。	善良谨慎在心底。
先君之思,	时时思念先王德,
以勖寡人[7]。	常用此语劝我哩!

【注释】

[1]差池,参差不齐。

[2]之子,这位女郎。于归,嫁人。

国风·邶风　53

[3]颉（xié协），往下飞；颃（háng杭），朝上飞。
[4]将之，送她。
[5]仲氏，指出嫁女排行第二，即二妹。任，可资信任。只，语气助词。
[6]塞，实，实在。渊，深。塞渊，为人实在而谋事深远。
[7]勖（xù畜），勉励。寡人，古时国君之自称。

日　月

【导读】

　　这是一首弃妇诗。诗中女子倾诉着自己悲惨的遭遇：丈夫曾经对她海誓山盟，可现在却对她不理不睬，甚至还言语粗暴。本诗语调哀怨，读之令人落泪。

【评介】

　　"《日月》，卫庄姜伤己也。遭州吁之难，伤己不见答于先君，以至困穷之诗也。"（《毛诗序》）

　　"庄姜不见答于庄公，故呼日月而诉之。"（朱熹《诗集传》）

　　"《日月》，为卫庄姜上己抒情之作，作在不见答于庄公之时。"（陈子展《诗经直解》）

　　"这是一位弃妇申诉怨愤的诗。"（程俊英《诗经译注》）

【原诗】	【译诗】
日居月诸，	太阳啊，月亮啊，
照临下土。	光辉照耀天下物。
乃如之人兮[1]，	世间竟有这种人，
逝不古处[2]。	远行离开他故居。

胡能有定[3]？	为何情分定不住，
宁不我顾[4]？	为何不将我看顾？

日居月诸，	太阳啊，月亮啊，
下土是冒[5]。	光辉照耀大地物。
乃如之人兮，	世间竟有这种人，
逝不相好。	远行忘恩把我负。
胡能有定？	为何情分守不住，
宁不我报？	为何将我来辜负？

日居月诸，	太阳啊，月亮啊，
出自东方。	来自东方照万物。
乃如之人兮，	世间哪有这种人，
德音无良。	名誉丧尽坏丈夫。
胡能有定？	为何情缘挽不住？
俾也可忘？	真该忘情不啼哭。

日居月诸，	太阳啊，月亮啊，
东方自出。	东方升起照万物。
父兮母兮，	叫声我父和我母，
畜我不卒[6]。	丈夫爱我太短促。
胡能有定？	绝情把我来相负，
报我不述[7]？	恩将仇报难尽述！

【注释】

[1]乃，竟然。如，像。之人，此人。全句谓世上竟有如此之人！

[2]逝，发语词。古，故。处，相处。全句谓不与故人（指糟糠妻）相处续好。

[3]胡,为什么。定,正,夫妇之定位,妻妾之定位,不可冒犯、僭越。
　　这是弃妇自叹。
[4]宁,为何。我顾,顾我之倒装句,看顾我。
[5]下土,人间,大地。冒,笼罩。
[6]畜,爱。卒,终。全句谓爱(畜养)我不到头。
[7]报,答理。述,述说。全句谓其夫不由分说,不听弃妇之唠叨。

终　风

【导读】

　　这也是一首弃妇诗。诗中的女子被丈夫抛弃,伤心不已,寝食难安,精神抑郁。诗中四章都描写了恶劣天气,悲凉凄冷的气氛贯穿始终,衬托了女子阴郁的心情。

【评介】

　　"《终风》,卫庄姜伤己也。遭州吁之暴,见侮慢而不能正也。"(《毛诗序》)

　　"庄公之为人,狂荡暴疾,庄姜盖不忍斥言之,故但以终风且暴为比。"(朱熹《诗集传》)

　　"《终风》,盖采自民俗歌谣,关于打情骂俏一类调戏之言,实与庄姜无关。"(陈子展《诗经直解》)

　　"这是一位妇女写她被丈夫玩弄嘲笑后遭遗弃的诗。"(程俊英《诗经译注》)

【原诗】

终风且暴[1],
顾我则笑。
谑浪笑敖[2],
中心是悼[3]。

终风且霾[4],
惠然肯来。
莫往莫来,
悠悠我思。

终风且曀[5],
不日有曀[6]。
寤言不寐[7],
愿言则嚏[8]。

曀曀其阴,
虺虺其雷[9]。
寤言不寐,
愿言则怀[10]。

【译诗】

风儿既狂又粗暴,
把我侮辱兼调笑。
浪语奸笑太放肆,
我心痛楚又烦恼。

风儿既狂尘土飘,
愿他安然早来到。
要是不与我来往,
绵绵相思离恨高。

风儿既狂天色渺,
日头躲避阴云绕。
睁大眼睛睡不着,
打起喷嚏他知道。

乌云四合天下黑,
雷声隆隆在吼叫。
睁大双眼睡不着,
愿他悔悟念我好。

【注释】

[1]终,既。暴,大风。
[2]谑,戏谑。浪,放纵。笑敖,狂笑而无节制。
[3]中心,心中。悼,感伤。
[4]霾(mái埋),风刮尘土,一片昏暗。
[5]曀(yì义),天阴多风。
[6]不日,不到一天。一说为不几日。有,又。

[7]寤言不寐,失眠人自说自话。
[8]嚏,打喷嚏。传说有人念记,便引起打喷嚏。
[9]虺虺(huǐ悔),暴雷震响之声。
[10]怀,思念。弃妇希望男人想她而悔悟。

击 鼓

【导读】

这是一首戍边士兵思念妻子的诗。男子身虽远行,但他的心仍坚定地守着白头之约,用情至深。"执子之手,与子偕老"被认为是爱情和婚姻的最高境界。

【评介】

"《击鼓》,怨州吁也。卫州吁用兵暴乱,使公孙文仲将而平陈与宋,国人怨其勇而无礼也。"(《毛诗序》)

"齐说曰:'击鼓合战,士怯叛亡。威令不行,败我成功。'"(王先谦《诗三家义集疏》)

"《击鼓》,为怨州吁用兵之作。诗主个人诉苦,实反映当时兵民对于非正义战争之厌恶心理。诗人若具速写之技,概括而复突出其个人入伍、出征、思归、逃散之整个过程。简劲不懈,真实有力,至今读之,犹有实感。"(陈子展《诗经直解》)

"这是卫国戍卒思归不得的诗。"(程俊英《诗经译注》)

【原诗】　　【译诗】
击鼓其镗[1],　　擂起战鼓镗镗响,
踊跃用兵。　　　踊跃上前练刀枪。

土国城漕[2]，	人家国内筑城墙，
我独南行。	我偏参军去南方。
从孙子仲[3]，	跟从将军孙子仲，
平陈与宋[4]。	大军平定陈与宋。
不我以归[5]，	驻防外地难回家，
忧心有忡。	怎不令我忧心忡。
爰居爰处[6]，	何处何方扎帐篷？
爰丧其马。	好马在哪失了踪？
于以求之？	哪儿寻到我的马，
于林之下。	在那深深树林中。
死生契阔[7]，	生生死死总相逢，
与子成说[8]。	一句盟誓两心共。
执子之手，	曾经紧拉你双手，
与子偕老。	白头偕老誓言同。
于嗟阔兮！	可恨阔别永无穷，
不我活兮[9]！	我俩难于重相逢。
于嗟洵兮[10]！	可叹离别太长久，
不我信兮[11]！	我俩盟誓一场空。

【注释】

[1]镗（tāng汤），击鼓声。

[2]土，大兴土木。城漕，在漕邑筑城。

[3]孙子仲，南征将领。卫国世卿之一是孙氏。

[4]陈，今河南淮阳。宋，河南商丘。

[5]不我以归,即不以我归,不让我归家。

[6]爰(yuán元),在哪里。

[7]契,亲密;阔,阔别。作为偏义复词,契阔指亲密。全句谓生生死死在一起。

[8]子,你,作者爱人。成说,定约立誓。

[9]活,聚会。全句谓没有与爱人相会之日。

[10]洵(xún寻),远,远行、远别。

[11]信,守约守信守誓盟。

凯　风

【导读】

　　这是一首儿子赞美母亲的诗。诗中的母亲勤劳慈爱,抚养七个儿子,儿子觉得无以为报,颇为自责。

【评介】

　　"《凯风》,美孝子也。"(《毛诗序》)

　　"卫之淫风流行,虽有七子之母,犹不能安其室。故其子作此诗,以凯风比母,棘心比子之幼时。盖曰:母生众子,幼而育之,其劬劳甚矣。本其始而言,以起自责之端也。"(朱熹《诗集传》)

　　"齐说曰:'凯风无母,何恃何怙?幼孤弱子,为人所苦。'"(王先谦《诗三家义集疏》)

　　"《凯风》,自是出于歌谣,言七子之母之心,七子之孝,诗义自明。"(陈子展《诗经直解》)

【原诗】
凯风自南[1],
吹彼棘心[2]。
棘心夭夭[3],
母氏劬劳[4]。

凯风自南,
吹彼棘薪。
母氏圣善,
我无令人[5]。

爰有寒泉[6],
在浚之下。
有子七人,
母氏劳苦。

睍睆黄鸟[7],
载好其音。
有子七人,
莫慰母心。

【译诗】
南方吹来晴和风,
枣苗温暖在心中。
树苗儿叶嫩心红,
母亲她辛劳无穷。

南方吹来晴和风,
小枣成材必有用。
母亲她贤德高尚,
众儿郎少有成功。

寒泉水温冬夏同,
浚县郊原清波涌。
养育儿子有七个,
母亲劳苦总遭逢。

黄雀宛转歌声动,
娇音和美又从容。
七个儿子又怎样,
不慰娘心不供奉。

【注释】

[1]凯风,和熙的南风。

[2]棘(jí吉),小枣树。以上两句以南风比母亲的温暖,以枣树比自己。

[3]夭夭,苗壮、鲜嫩状。

[4]劬(qú渠)劳苦、勤劳。

[5]令,善,好。

[6]爰(yuán元),发语词。寒泉,在卫地浚邑,冬夏水温常凉。浚邑,

在今河南濮阳县南边。

[7]睍（xiàn现）睆（huǎn缓），清和圆转的声音。

雄 雉

【导读】

这是一首思妇诗。女子思念远行服役的丈夫，关山阻隔，不能相见，忧伤不已。末一章直接批评统治者无德无行，使百姓受分离之苦。

【评介】

"《雄雉》，刺卫宣公也。淫乱不恤国事，军旅数起，大夫久役，男女怨旷，国人患之而作是诗。"（《毛诗序》）

"妇人以其君子从役于外，故言雄雉之飞，舒缓自得如此，而我之所思者，乃从役于外，而自遗阻隔也。"（朱熹《诗集传》）

"《雄雉》，妇人以其君子久役于外，有所思而作。"（陈子展《诗经直解》）

【原诗】	【译诗】
雄雉于飞[1]，	雄野鸡展翅飞翔，
泄泄其羽[2]。	开心地舒展翅膀。
我之怀矣，	心里怀念着丈夫，
自诒伊阻[3]。	自找这离恨惆怅。
雄雉于飞，	雄野鸡撒欢飞翔，
下上其音。	忽上忽下地欢唱。
展矣君子[4]，	我总是牵挂着丈夫，

实劳我心。	想得我心力瘁伤。
瞻彼日月，	遥望着太阳月亮，
悠悠我思。	思绪呀多么漫长。
道之云远，	道路呀是那般遥远，
曷云能来[5]。	他何日回我身旁？
百尔君子[6]，	天下男人是一样，
不知德行。	不明夫德太狂放。
不忮不求[7]，	只要你不贪色彷徨，
何用不臧[8]。	到哪里都应便当。

【注释】

[1]雉（zhì至），野鸡。

[2]泄（yì异）泄，翅膀舒展的样子。

[3]自诒（yí移），自我，自取；伊，这些；阻，忧愁。

[4]展，确实，诚然。君子，指夫君。

[5]曷，何，何时。

[6]百，概言男人之众。君子，指为夫君之人。

[7]忮（zhì至），忌恨。

[8]臧，善。全句谓无往而不利。

匏有苦叶

【导读】

　　这首诗描写一个少女在水边焦急地等待未婚夫，她希望未婚夫早早地来迎娶。一个怀春少女的形象跃然纸上。

【评介】

"《匏有苦叶》，刺卫宣公也。公与夫人并为淫乱。"（《毛诗序》）

"此刺淫乱之诗。言匏未可用，而渡处方深，行者当量其浅深而后可渡。以比男女之际，亦当量度礼义而行也。"（朱熹《诗集传》）

"《匏有苦叶》，显为女求男之作。""诗写此女一大清早至济待涉，不厉不揭；以至旭旦有舟，亦不肯涉，留待其友人。并记其顷间所见所闻，极为细致曲折，歌谣体杰作也。"（陈子展《诗经直解》）

"这诗所写的是：一个秋天的早晨，照在济水上。一个女子正在岸边徘徊，她惦着住在河那边的未婚夫，心想：他如果没忘了结婚的事，该趁着河里还不曾结冰，赶快过来迎娶才是。再迟怕来不及了。现在这济水虽然涨高，也不过半车轮子深浅，那迎亲的车子该不难渡过吧？这时耳边传来野鸡和雁鹅叫唤的声音，更触动她的心事。"（余冠英《诗经选译》）

"这是一位女子在济水岸边等待未婚夫时所唱的诗。"（程俊英《诗经译注》）

【原诗】	【译诗】
匏有苦叶[1]，	葫芦长成苦叶皱，
济有深涉[2]。	济水深深有渡口。
深则厉[3]，	深水抱着葫芦游，
浅则揭[4]。	浅水背着葫芦走。
有瀰济盈[5]，	济水涨潮水波流，
有鷕雉鸣[6]。	野鸡鸣唱啼不够。
济盈不濡轨[7]，	水大不湿大车轴，

雉鸣求其牡[8]。	雌鸡围着雄鸡求。
雍雍鸣雁，	大雁双双唱和稠，
旭日始旦。	旭日东升照宇宙。
士如归妻[9]，	哥若真心要娶妻，
迨冰未泮[10]。	须趁冰块未封渡。
招招舟子[11]！	小船摇摇来摆渡，
人涉卬否[12]！	人家上船我不走。
人涉卬否！	人家上船我不走，
卬须我友！	我要等待心中友。

【注释】

[1]匏（páo刨），葫芦。古人常把葫芦系在腰上游泳过河。

[2]济，又作泲，河流名，源头在河南济源县西王屋山。涉，步行过河。

[3]厉，和衣下水过河。

[4]揭，将下衣（裳）提起过河，以免被水打湿。

[5]弥，河水弥漫；盈，涨水。

[6]鷕（yǎo舀），雌野鸡的叫声。

[7]轨，车轴。不濡轨，尚未打湿车轴。

[8]雉，雌野鸡。牡，雄野鸡。

[9]士，男士。归妻，娶妻子。

[10]迨，趁着。泮（pàn判），消融。古人多在秋冬农闲时娶妻。

[11]招招，招手为一种说法。本书采用"招招"为摇船状之说。

[12]卬（áng昂），我。

谷 风

【导读】

　　这是一首长篇弃妇诗。女子与丈夫也曾有过甜蜜的爱情和婚姻生活，虽然家境贫寒，但两人携手共度患难，生活渐渐富裕了，女子却变成了下堂妻。女子控诉丈夫背信弃义，不顾自己的痛苦，欢欢喜喜地迎娶新人。诗中女子的痛苦哀怨与丈夫的新婚之喜形成强烈对比。

【评介】

　　"《谷风》，刺夫妇失道也。卫人化其上，淫于新昏而弃其旧室，夫妇离绝，国俗伤败焉。"（《毛诗序》）

　　"妇人为夫所弃，故作此诗，以叙其悲怨之情。"（朱熹《诗集传》）

　　"《谷风》，为夫妇失道，弃旧怜新，弃妇诉苦，有血有泪之杰作。""妇已弃矣，恩义绝矣，乃怨之之中犹有望之之意。"（陈子展《诗经直解》）

【原诗】	【译诗】
习习谷风[1]，	习习东风真和煦，
以阴以雨。	又阴又雨总相宜。
黾勉同心[2]，	夫妻共勉结同心，
不宜有怒。	不该相互发脾气。
采葑采菲[3]，	要拔萝卜采芜菁，
无以下体[4]？	岂可掐叶不到底？
德音莫违，	山盟海誓别忘记：
及尔同死。	"相亲相爱直到死！"

行道迟迟，	走在路上慢又迟，
中心有违。	痛心伤情有怨气。
不远伊迩[5]，	您本该就近送几步，
薄送我畿[6]。	岂知你停步在门里。
谁谓荼苦，	谁说荼荼苦无比？
其甘如荠。	我觉甘甜如荠蜜。
宴尔新昏[7]，	你们新婚乐无比，
如兄如弟。	夫妻亲热胜兄弟。

泾以渭浊[8]，	渭水搅得泾水浑，
湜湜其沚[9]。	泾水本来清见底。
宴尔新昏，	你们新婚多开心，
不我屑以[10]。	不屑于把我来搭理。
毋逝我梁[11]，	切莫拆去我鱼梁，
毋发我笱[12]。	切莫乱揭我鱼篓子！
我躬不阅[13]，	既然我本人都保不住，
遑恤我后[14]。	何必去管身后事？

就其深矣，	要是河水深又深，
方之舟之[15]。	撑船撑筏渡过去。
就其浅矣，	要是河水浅又浅，
泳之游之。	游水泅水赶过去。
何有何亡[16]，	家里哪有哪没有，
黾勉求之。	想方设法添置起。
凡民有丧，	左邻右舍有事体，
匍匐救之。	匍匐爬行助把力。

| 不我能慉[17]， | 你不爱我犹可恕， |

反以我为仇。	反倒把我当仇敌。
既阻作德[18]，	好心好意你都拒绝，
贾用不售[19]。	就像贱货卖不出去。
昔育恐育鞫[20]，	往昔生活忧贫穷，
及尔颠覆[21]。	我俩共渡患难时。
既生既育，	后来生计有转机，
比予于毒[22]。	你把我将毒虫比。

我有旨蓄[23]，	我曾腌好干咸菜，
亦以御冬。	打算放好过冬季。
宴尔新昏，	你们新婚乐无比，
以我御穷。	用我的东西防匮时。
有洸有溃[24]，	打我骂我作践我，
既诒我肄[25]。	还要逼我卖苦力。
不念昔者，	往昔恩爱你全忘记，
伊余来塈[26]。	结发情意没法提！

【注释】

[1]习习，和舒状。谷风，东风。

[2]黾（mǐn敏）勉，勉力，努力。

[3]葑（fēng风），蔓青，大头菜；菲，萝卜。

[4]以，用。下体，叶、茎的根部。

[5]伊，这里。迩，近。

[6]畿（jī机），门槛。

[7]宴，快活，欢乐。新昏，新婚。

[8]泾，发源于甘肃，流入陕西。泾水清亮。渭，源于甘肃，经陕西流入黄河。渭水浑浊。泾渭交流时始分明，后混杂。

[9]湜（shí食）湜，水清状。沚，底。

[10]不我屑以，不屑于以我为正妻，不搭理我。

[11]逝，去。梁，拦鱼坝。

[12]发，揭开。笱（gǒu狗），捕鱼特制的篓子。

[13]躬，自身。不阅，不被容纳。

[14]遑，哪里有空的意思。恤，看顾。

[15]方，竹筏。

[16]亡，无。

[17]慉（xù蓄），爱。全句为"不能爱我"之倒装结构。

[18]阻，拒绝。作德，做好事。

[19]贾（gǔ古），卖。不售，卖不出。

[20]育恐，生活恐慌惧怕。育鞠（jū居），困穷。

[21]及，与。颠覆，患难。

[22]于毒，有如毒虫。

[23]旨蓄：旨，好。蓄，腌菜。

[24]洸（guāng光）溃，水流湍激，比喻发脾气、用武力。

[25]诒（yí移），留给。肄（yì义），劳作。

[26]伊，惟。塈（jì计），爱恋。

式 微

【导读】

　　这是一首讽怨诗，百姓为君主服劳役，常年在外，生活艰辛，满腔怨愤。

【评介】

　　"《式微》，黎侯寓于卫，其臣劝以归也。"（《毛诗序》）

"黎侯为狄人所逐，弃其国而寄于卫，卫处之以二邑，因安之。可以归而不归，故其臣劝之。"（《笺》）

"齐说曰：'式微式微，恍祸相绊，隔以岩山，室家分散。'"（王先谦《诗三家义集疏》）

"这是苦于劳役的人所发的怨声。他到天黑时还不得回家，为主子干活，在夜露里、泥水里受罪。"（余冠英《诗经选译》）

"这是人民苦于劳役，对君主发出的怨词。"（程俊英《诗经译注》）

【原诗】	【译诗】
式微式微[1]，	哎呀呀，天色灰，
胡不归？	为何还不把家回？
微君之故[2]，	不为老爷差事苦，
胡为乎中露[3]？	哪会夜间沾露水？
式微式微，	哎呀呀，天色颓，
胡不归？	为何还不把家回？
微君之躬[4]，	不为老爷玉体贵，
胡为乎泥中[5]？	哪会夜间陷泥水？

【注释】
[1]式，发语词。微，幽微黑暗。
[2]微，不是。故，差事。
[3]中露，露水之中。
[4]躬，身体。
[5]泥中，指陷泥之苦。

旄　丘

【导读】

　　这首诗描写一些百姓因本国暴政或战争而流亡到卫国，他们希望得到卫国统治者的救援和关爱，卫国的贵族却无视于他们的苦难。其实，百姓在自己的国家尚且不能安居乐业，怎能奢求在别国得到安宁和爱护？

【评介】

　　"《旄丘》，责卫伯也。狄人迫逐黎侯。黎侯寓于卫，卫不能修方伯连率之职，黎之臣子以责于卫也。"（《毛诗序》）

　　"旧说，黎之臣子自言久寓于卫，时物变矣，故登旄丘之上，见其葛长大而节疏阔，因托以起兴……"（朱熹《诗集传》）

　　"齐说曰：'阴阳夹塞，许嫁不答。旄丘新台，悔往叹息。'"（王先谦《诗三家义集疏》）

　　"《旄丘》，责卫伯之不能救黎，黎臣所作。"（陈子展《诗经直解》）

　　"这是一些流亡到卫国的人，盼望贵族救济而不得的诗。"（程俊英《诗经译注》）

【原诗】	【译诗】
旄丘之葛兮[1]，	高坡葛藤挂下来，
何诞之节兮[2]？	为何节节隔得开？
叔兮伯兮，	大叔啊，大伯啊，
何多日也？	为何多日不过来？
何其处也[3]？	为何静心安居呢？

必有与也[4]。	是必一直伴富贵。
何其久也？	为何拖拉这么久，
必有以也[5]。	是必其中有暗昧。

狐裘蒙戎[6]，	狐狸皮裘毛蓬松，
匪车不东。	不是车儿不向东。
叔兮伯兮，	大叔啊，大伯啊，
靡所与同！	我们贵贱不相同。

琐兮尾兮[7]，	渺小哩，卑微哩，
流离之子。	流浪人儿没人理。
叔兮伯兮，	叔叔啊，伯伯啊，
褎如充耳[8]。	充耳不闻笑微微。

【注释】

[1]旄（máo毛）丘，前高后低的山坡。

[2]诞，长。节，葛藤的枝节。

[3]处，安居。

[4]与，相与，相伴富贵；亦有相伴盟友、盟国的说法。

[5]以，原因。

[6]狐裘，狐皮冬袍。蒙戎，蓬松。

[7]琐，琐细。尾，卑微。

[8]褎（yòu又），笑微微。充耳，塞耳，充耳不闻。

简 兮

【导读】

这是一首情诗。一个少女爱上了一个英俊的舞者,他身材健硕,舞姿矫健,连卫公都赐酒表示赞赏。女子对他魂牵梦绕,害上了相思病。

【评介】

"《简兮》,刺不用贤也。卫之贤者,仕于伶官,皆可以承事王者也。"(《毛诗序》)

"贤者不得志而仕于伶官,有轻世肆志之心焉,故其言如此,若自誉而实自嘲也。"(朱熹《诗集传》)

"《简兮》,是描述卫国伶官举行简阅《万舞》之诗。"(陈子展《诗经直解》)

"这诗写卫国公庭的一场万舞。着重在赞美那高大雄壮的舞师。这些赞美似出于一位热爱那舞师的女性。第一章写舞师出场。第二章武舞。第三章文舞。第四章写对于舞师的怀思。"(余冠英《诗经选译》)

"这是一个女子观看舞师表演万舞并对他产生爱慕之情的诗。"(程俊英《诗经译注》)

【原诗】	【译诗】
简兮简兮[1]!	擂起鼓来咚咚咚,
方将万舞[2]。	各色舞蹈将汇逢。
日之方中,	日头挂在天正中,
在前上处[3]。	舞师领队好威风。
硕人俣俣[4],	魁梧豪壮真英勇,

公庭万舞!	公庭之中万舞通。
有力如虎,	力大如虎面对面,
执辔如组[5]!	各执缰绳竞雌雄。
左手执籥[6],	左手握着笛六孔,
右手秉翟[7]。	野鸡尾巴执手中。
赫如渥赭[8]!	脸染赭色通通红,
公言锡爵[9]!	卫公赏酒好多钟。
山有榛,	榛树长在高山里,
隰有苓[10]。	甘草生在洼地中。
云谁之思,	要问我心爱着谁,
西方美人!	西方过来的美英雄。
彼美人兮,	提起那个美英雄啊,
西方之人兮!	他是西方周邑的龙!

【注释】

[1]简简,鼓声。

[2]万舞,各种舞蹈之总称。

[3]处,处所,方位。

[4]硕,大,雄壮。俣俣(yù欲),魁梧。

[5]辔(pèi配),缰绳。组,一排排丝线编织而成。

[6]籥(yuè月),舞蹈者所吹六孔笛。

[7]翟(dí敌),野鸡尾。

[8]赫,面红有光彩。渥(wò卧),染涂。赭(zhě者),赤红色。

[9]锡,赐。爵,酒器。

[10]隰(xí习),低湿处。苓,甘草。

泉　水

【导读】

　　这首诗描写已经出嫁的卫国女子思念家乡，归情切切。诗中女子想象坐着出嫁时的车子，疾驰归家，与亲人团聚，颇为感人。有人认为，卫女就是许穆夫人。

【评介】

　　"《泉水》，卫女思归也，嫁于诸侯，父母终，故作此诗以自见也。"（《毛诗序》）

　　"卫女嫁于诸侯，父母终，思归宁而不得，故作此诗。"（朱熹《诗集传》）

　　"《泉水》，卫女媵于诸侯，思归而不得之诗。何以知？于诗言诸姑伯姊而知之也。"（陈子展《诗经直解》）

【原诗】	【译诗】
毖彼泉水[1]，	奔涌而出肥泉水，
亦流于淇。	蜿转流入淇水内。
有怀于卫，	怀念卫国故乡好，
靡日不思。	没有哪天不心醉。
娈彼诸姬[2]，	同来女伴人人美，
聊与之谋[3]。	姑且相聚启心扉。
出宿于泲，	当年离家住泲地，
饮饯于祢。	饮酒饯行在祢邑。
女子有行[4]，	女儿出嫁离家国，
远父母兄弟。	远别父母与兄弟。

国风·邶风

| 问我诸姑， | 临走代问姑姑好， |
| 遂及伯姊。 | 还有伯姊莫忘记。 |

出宿于干，	当年离家住干地，
饮饯于言。	饮酒饯行在言邑。
载脂载舝[5]，	车轴上油查铁键，
还车言迈[6]。	只想掉头返家去。
遄臻于卫[7]，	急急忙忙卫国转，
不瑕有害[8]。	不会有甚坏事体？

我思肥泉，	我心眷恋肥泉水，
兹之永叹。	声声叹息泣无泪。
思须与漕，	想着须、漕家园美，
我心悠悠。	不尽心事盼相会。
驾言出游，	驾车出游兜风去，
以写我忧[9]。	借此解脱忧和悔。

【注释】

[1]毖（bì闭），泉水涌出的样子。泉水，卫地肥泉之水。

[2]娈（luán峦），美好、漂亮。诸姬，卫地公主的陪嫁女。

[3]聊，姑且，只好。

[4]有行，嫁人。

[5]载，发语词。脂，给车轴上油脂。舝，车轴上的金属键。

[6]还，旋，很快。迈，出发。

[7]遄（chuán船），快速。臻，达到。

[8]瑕（xiá侠），无。

[9]写，泄，宣泄、释放。

北　门

【导读】

　　这是一首底层官吏诉苦抱怨的诗。诗中的小官吏生活穷困潦倒，政务缠身，工作辛苦，却还招来家人的指责和挖苦，他满腹委屈无处可诉，只能感叹命运不公。

【评介】

　　"《北门》，刺士不得志也。言卫之忠臣不得其志尔。"（《毛诗序》）

　　"卫之贤者，处乱世，事暗君，不得其志，故因出北门而赋以自比。又叹其贫窭，人莫知之，而归之于天也。"（朱熹《诗集传》）

　　"《北门》，刺士不得志也。"（陈子展《诗经直解》）

　　"这是一个小官吏诉苦的诗。这个小官吏，政事繁忙，工作劳苦，生活困苦，回到家里还要受家人的责备讥刺。无可奈何，只得归之于天命。"（程俊英《诗经译注》）

【原诗】	【译诗】
出自北门，	出得城外北门过，
忧心殷殷。	心头沉沉忧思多。
终窭且贫[1]，	既称寒酸又贫困，
莫知我艰。	谁知咱艰辛受折磨。
已焉哉！	算了吧，
天实为之，	老天这般苦恼我，
谓之何哉！	真是无奈何。
王事适我，	王事公差扔给我，

国风・邶风　77

政事一埤益我[2]。	烦琐政务堆着我。
我入自外，	每当公干把家回，
室人交遍讁我[3]。	全家老小谴责我。
已焉哉！	算了吧，
天实为之，	老天这般苦恼我，
谓之何哉！	真是无奈何。

王事敦我[4]，	王事公差逼着我，
政事一埤遗我。	烦琐政务甩给我。
我入自外，	每当公干把家回，
室人交遍摧我。	全家上下唱衰我。
已焉哉！	算了吧，
天实为之，	老天这般苦恼我，
谓之何哉！	真是无奈何。

【注释】

[1]终，既。窭（jù巨），贫困。

[2]一，一起，一并。埤（pí皮）益，堆加。

[3]室人，家里人。交，轮流。遍，每人。讁（zhé折），责备。

[4]敦，敦促，逼迫。

北 风

【导读】

　　这首诗描写卫国人民不堪忍受虐政，于是互相鼓励，共同逃亡的情景。北风呼啸、雨雪交加，这样恶劣的天气都不能阻挡百姓逃亡的决心，卫国暴政可见一斑。

【评介】

"《北风》，刺虐也。卫国并为威虐，百姓不亲，莫不相携而去焉。"（《毛诗序》）

"言北风雨雪，以比国家危乱将至，而气象愁惨也。故欲与其相好之人，去而避之。"（朱熹《诗集传》）

"齐说曰：'北风寒冷，雨雪益冰。忧思不乐，哀悲伤心。'又曰：'北风牵手，相从笑语。伯歌季舞，燕乐以喜。'"（王先谦《诗三家义集疏》）

"《北风》，刺虐也。百姓相约逃难之词。"（陈子展《诗经直解》）

【原诗】	【译诗】
北风其凉，	北风呼啸好冰凉，
雨雪其雱[1]。	雪花纷纷满天扬。
惠而好我，	自有好友赞同我，
携手同行。	携手同路去逃亡。
其虚其邪[2]！	不可迟疑不可缓，
既亟只且[3]！	事急赶路奔前方。
北风其喈，	北风呼啸哗哗响，
雨雪其霏。	雪花纷纷满天扬。
惠而好我，	自有好友赞同我，
携手同归。	携手作伴奔他乡。
其虚其邪！	不可迟疑太慌忙，
既亟只且！	事急赶路奔前方。

莫赤匪狐，	狡猾的狐狸皮色红，
莫黑匪乌[4]。	凶兆的乌鸦羽毛苍。
惠而好我，	自有好友赞同我，
携手同车。	携手登车排成行。
其虚其邪！	不可迟疑前路远，
既亟只且！	事急赶路奔前方。

【注释】

[1]雨，用作动词，下。雱（páng旁），纷纷，雪下得大。

[2]虚邪，舒舒缓缓，迟迟疑疑。

[3]亟（jí极），急迫。只且（jū居），助词。

[4]这二句直译为"没有什么比狐狸皮红，没有什么比乌鸦毛黑"。

静 女

【导读】

　　这是一首描写男女约会的情诗。女子故意隐而不现，捉弄自己的心上人。男子久等情人不到，焦急万分，抓耳挠腮，不知所措。拿出女子赠送的彤管，美人如在眼前，男子看得如痴如醉。女子的活泼与调皮，男子的痴情与憨厚，跃然纸上，情趣盎然！

【评介】

　　"《静女》，刺时也。卫君无道，夫人无德。"（《毛诗序》）

　　"《静女》，诗人热爱卫宫女史之作。"（陈子展《诗经直解》）

　　"这是一首男女约会的诗。……诗以男子口吻写幽期密约，既有焦急的等待，又有欢乐的会面，还有幸福的回味。"（程俊英《诗经译注》）

【原诗】　　　　　　【译诗】

静女其姝[1],　　　　好姑娘啊真俏丽,

俟我于城隅。　　　　等我就在那城角里。

爱而不见,　　　　　她存心躲藏影不见,

搔首踟蹰。　　　　　我来往搔头好着急。

静女其娈,　　　　　好姑娘啊真美丽,

贻我彤管[2]。　　　　送我一支红管笔。

彤管有炜,　　　　　红管笔啊光闪闪,

说怿女美[3]。　　　　玩赏不够爱心起。

自牧归荑[4],　　　　她从郊外采茅荑,

洵美且异。　　　　　又美又香多奇异。

匪女之为美[5],　　　不是茅荑多美丽,

美人之贻。　　　　　只因它是美女所赠贻。

【注释】

[1]静女,淑女,善良美好的女郎。姝(shū书),美好。

[2]贻(yí移),送。彤(tóng同),赤色。彤管为红管笔。

[3]说,同"悦",喜悦。怿(yì义),高兴。女,同汝,指红管笔。

[4]牧,郊野。归,赠送。荑(tí题),白茅。

[5]匪,非,不是。

国风·邶风

新 台

【导读】

　　这首诗讽刺卫宣公的无德无行。卫宣公和后母夷姜私通,生子名伋,伋娶齐女,卫宣公贪恋儿媳美貌,竟然半路拦截,占为己有。百姓不耻于他的恶行,作了这首诗来讽刺他。

【评介】

　　"《新台》,刺卫宣王也。纳伋之妻,筑新台于河上而要之。国人恶之,而作是诗也。"(《毛诗序》)

　　"旧说以为卫宣公为其子伋娶于齐,而闻其美,欲自娶之,乃作新台于河上而要之。国人恶之,而作此诗以刺之。"(朱熹《诗集传》)

　　"这首诗是卫国人民对于卫宣公的讽刺。卫宣公娶了他儿子的新娘,人民憎恶这件丑事,将他比做癞虾蟆。"(余冠英《诗经选译》)

【原诗】	【译诗】
新台有泚[1],	新造台阁光闪闪,
河水浼浼。	黄河东流水漫漫。
燕婉之求[2],	本来要嫁如意郎,
籧篨不鲜[3]。	丑八怪拦截不行善!
新台有洒[4],	新造台阁高敞敞,
河水浼浼。	黄河东流水茫茫。
燕婉之求,	本来要嫁如意郎,
籧篨不殄[5]。	丑八怪拦截丧天良!
鱼网之设,	撒下网儿捕大鱼,

鸿则离之[6]。　　天鹅不幸被捕捉。
燕婉之求，　　本来要嫁如意郎，
得此戚施[7]。　　哪知错配了癞蛤蟆！

【注释】

[1]新台，故址在今河南省临漳县黄河之侧。据言卫宣公与后母夷姜淫乱，生下伋。伋长大后娶齐女，宣公为了霸占儿媳，便筑新台拦截齐女。泚（cǐ此），玼，玉色鲜亮。
[2]燕婉，美好和乐。
[3]籧（qú渠）篨（chú除），癞蛤蟆之类的丑八怪。鲜，善。
[4]洒（cuǐ璀），高大险峻。
[5]殄（tiǎn），善，好。
[6]鸿，天鹅或大雁。离，同罹，遭遇。
[7]戚施，蟾蜍。

二子乘舟

【导读】

这首诗表达对乘舟逃亡亲人的挂念，不知他们身在何处，是否平安康健。一说讽刺卫宣公杀二子的恶行。

【评介】

"《二子乘舟》，思伋、寿也。卫宣公之二子，争相为死，国人伤而思之，作是诗也。"（《毛诗序》）

"旧说以为宣公纳伋之妻，是为宣姜，生寿及朔。朔与宣姜，愬伋于公。公令伋之齐，使贼先待于隘而杀之。寿知之，以告伋。伋曰：

'君命也，不可以逃。'寿窃其节而先往，贼杀之。伋至，曰：'君命杀我，寿有何罪？'贼又杀之。国人伤之，而作是诗也。"（朱熹《诗集传》）

"《二子乘舟》，闵伋、寿也。此确似太子伋之傅母所作。"（陈子展《诗经直解》）

"这是诗人挂念乘舟远行者的诗。卫国政治腐败，民不聊生，多逃亡国外，《北风》即其一例。"（程俊英《诗经译注》）

【原诗】	【译诗】
二子乘舟，	他俩上了船，
泛泛其景[1]。	漂游向远方。
愿言思子，	想起哥儿俩，
中心养养[2]。	心中空荡荡。
二子乘舟，	他俩上了船，
泛泛其逝。	漂流去远方。
愿言思子，	想起哥儿俩，
不瑕有害[3]。	只怕遭祸殃。

【注释】
[1]泛泛，漂浮。景，同憬，远行。
[2]养养，同恙恙，心神不安定。
[3]不瑕，不无。

国风·鄘风

柏 舟

【导读】

　　这首诗描写一位少女勇敢地追求自由的爱情和婚姻，不惜违抗父母的意愿，表现她的忠贞和专一。一说这是一首寡妇誓死守节的诗。

【评介】

　　"《柏舟》，共姜自誓也。卫世子共伯早死，其妻守义，父母欲夺而嫁之，誓而弗许，故作是诗以绝知。"（《毛诗序》）

　　"《柏舟》，贞女寡妇矢志不嫁之词。"（陈子展《诗经直解》）

　　"这是一位少女要求婚姻自由，向'父母之命'公开违抗的诗，歌颂了爱情的真挚和专一。"（程俊英《诗经译注》）

【原诗】	【译诗】
泛彼柏舟，	柏木船儿荡悠悠，
在彼中河。	在河中央悄漂流。
髧彼两髦[1]，	额前垂发美少年，
实维我仪[2]。	是我追求的男朋友。
之死矢靡它[3]。	誓死不改把你守。
母也天只，	妈妈呀，老天呀，
不谅人只[4]？	他为何不肯体谅奴！
泛彼柏舟，	柏木船儿荡悠悠，
在彼河侧。	在河一侧渐漂流。
髧彼两髦，	额前垂发美少年，
实维我特[5]。	是我追求的好配偶。
之死矢靡慝[6]。	誓死不改情意厚。

中华远古的恋歌雅乐——《诗经》注译与导读·风

母也天只，	妈妈呀，老天呀，
不谅人只？	他就是不肯体谅奴！

【注释】

[1]髧（dàn淡），鬓发下垂。髦，垂发（刘海）盖眉。
[2]仪，匹配，配偶。
[3]之，至、到。矢，起誓。靡，无。它，它心，二心。
[4]谅，相信、体谅。只，语助词。
[5]特，匹配、对象。
[6]慝（tè特），忒，更改。靡忒，无有更改。

墙有茨

【导读】

这首诗讽刺卫国王室淫乱失德。卫宣公抢娶儿媳宣姜为妻，宣公死后，宣姜又与其庶子顽私通，并生下三男两女。这些丑陋的事，确实"不可道""不可详""不可读"，但不可堵天下悠悠之口。

【评介】

"《墙有茨》，卫人刺其上也。公子顽通乎君母，国人疾之而不可道也。"（《毛诗序》）

"宣公卒，惠公幼，其庶兄顽烝于惠公之母，生子五人：齐子、戴公、文公、宋桓夫人、许穆夫人。"（《笺》）

"旧说以为宣公卒，惠公幼，其庶兄顽烝于宣姜。故诗人作此诗以刺之，言其闺中之事，皆丑恶而不可言。"（朱熹《诗集传》）

"《墙有茨》，卫人刺其统治阶级荒淫无耻之诗。"（陈子展《诗经直解》）

【原诗】　　　　　【译诗】
墙有茨，　　　　　土墙蒺藜长势好，
不可埽也[1]。　　　不可连根把它摇。
中冓之言[2]，　　　宫闱里面隐私情，
不可道也。　　　　不可以向外人道。
所可道也，　　　　要是说出口，
言之丑也。　　　　话就难听了！

墙有茨，　　　　　土墙蒺藜长势好，
不可襄也[3]。　　　不可可劲把它剥。
中冓之言，　　　　宫闱里头隐秘话，
不可详也。　　　　不可细向外人道。
所可详也，　　　　要是细讲起，
言之长也。　　　　说来话长了！

墙有茨，　　　　　土墙蒺藜长势好，
不可束也。　　　　不可捆绑把它薅。
中冓之言，　　　　宫闱里头隐秘话，
不可读也[4]。　　　不可传给外人晓。
所可读也，　　　　要是传出去，
言之辱也。　　　　真把耻辱招！

【注释】

[1]茨（cí词），蒺藜，爬墙草。埽（sǎo臊），扫。
[2]中冓（gòu够），宫内或闺门内。

[3]襄，攘除，去掉。
[4]读，传播。

君子偕老

【导读】

这首诗讽刺卫宣公夫人宣姜的荒淫无耻。她原是宣公的儿媳，因貌美而被宣公占为己有。宣公死后，她又与宣公的庶子顽私通。诗中极力描写卫宣公夫人的美丽容貌、尊贵地位，及其精美豪华的服饰，反衬她举止行为的丑陋。人民的厌恶之情表露无遗。

【评介】

"《君子偕老》，刺卫夫人也。夫人淫乱，失事君子之道，故陈人君之德，服饰之盛，宜与君子偕老也。"（《毛诗序》）

"夫人，宣公夫人，惠公之母也。"（《笺》）

"言夫人当与君子偕老，故其服饰之盛如此而雍容自得，安重宽广，又有以宜其象服。今宣姜之不善乃如此，虽有是服，亦将如之何哉？言不称也。"（朱熹《诗集传》）

"《君子偕老》，刺卫宣姜之诗。""此当与《新台》一诗同读。同论一事，而观点不同。此盖贵族诗人刺宣姜，彼似奴隶歌手刺宣公。"（陈子展《诗经直解》）

"这是卫国人民讽刺宣姜的诗。诗中极力渲染她的服饰、尊严、美丽，衬托出她'国母'的地位，目的是讽刺她的地位和丑陋的行为很不相称，这是用丽辞写丑行的手法。"（程俊英《诗经译注》）

【原诗】

君子偕老[1],
副笄六珈[2]。
委委佗佗[3],
如山如河,
象服是宜[4]。
子之不淑,
云如之何?

玼兮玼兮,
其之翟也[5]。
鬒发如云,
不屑髢也[6]。
玉之瑱也[7],
象之揥也[8],
扬且之晳也。
胡然而天也[9]?
胡然而帝也?

瑳兮瑳兮[10],
其之展也。
蒙彼绉絺[11],
是绁袢也[12]。
子之清扬[13],
扬且之颜也。
展如之人兮,
邦之媛也[14]。

【译诗】

她是君王终身伴,
金饰玉簪真好看。
体态从容脸色妍,
动如河水静如山,
锦衣凤袍总宜穿。
若说她不尽美善,
谁能挑刺乱发言?

令人眼亮多鲜艳,
是她绣衣彩羽蟠。
青丝如同乌云卷,
不添假发是天然。
宝玉耳坠两边穿,
象牙簪子插发间,
光洁雪白俏脸蛋。
莫非天仙落云端,
莫非帝女到人间?

令人目迷多灿烂,
是她禮衣轻舒展。
罗纱恰似蝉翼罩,
内衣贴胸波浪翻。
眼儿明媚眉儿秀,
容貌妍丽带笑颜。
如此盛装裹玉女,
国色天香美人尖。

【注释】

[1]君子,夫君。偕老,一同度过有生之年。

[2]副,一组首饰。笄(jī机),首饰,同簪。珈(jiā加),垂玉吊在笄下,随行路而摇动,谓之步摇。

[3]委委佗佗(tuó驮),行路体态悠然庄重之美。

[4]象服,绘有文彩图案的画袍。

[5]翟(dí敌),羽饰锦衣。

[6]不屑,不屑于,不愿意。髢(dì弟),假发髻。

[7]瑱(tiàn),冠帽两侧所垂之玉,用以塞耳。

[8]象之搦(tì替),象牙簪。

[9]天,天仙。

[10]瑳(cuō搓),即玼,鲜明闪亮。

[11]蒙,罩,绉(zhòu皱)绨(chī痴),绉纱,夏天所穿之轻薄透气衣服。

[12]绁(xiè谢)袢(pàn判),亵衣,贴身内衣。

[13]清扬,眉目清秀,顾盼动人。

[14]媛(yuán元),美女。邦媛乃国色天香之美女。

桑 中

【导读】

　　这是一首情诗,男子在劳动时,想象着与心上人幽会的情景。男子反复赞美心上人的美貌,整首诗充满着甜蜜和浪漫的气息。

【评介】

　　"《桑中》,刺奔也。卫之公室淫乱,男女相奔,至于世族在位,相窃妻妾。期于幽远,政散民流,而不可止。"(《毛诗序》)

　　"卫俗淫乱,世族在仇相窃妻女。故此人自言将采居于沬,而与其所思之人相期会迎送如此也。""《乐记》曰：'郑卫之音，乱世之音也，比于慢矣。桑间濮上之音，亡国之音也。其政散，其民流，诬上行私而不可止也。'按'桑间'即此篇，放《小序》亦用《乐记》之欲。"（朱熹《诗集传》）

"《桑中》，揭露卫之统治阶级贵族男女因乱成风之作。"（陈子展《诗经直解》）

"这是一个劳动者抒写他和想象中的情人幽期密约的诗。他在采菜摘麦的时候，兴之所至，一边劳动，一边顺口唱起歌来。这种形式，被后人尊为'无题'诗之祖。"（程俊英《诗经译注》）

【原诗】	【译诗】
爰采唐矣[1]？	要问哪里采蒙菜？
沬之乡矣[2]。	卫国沬邑乡下飞。
云谁之思？	要问我心装着谁？
美孟姜矣[3]。	美女孟姜心中醉。
期我乎桑中，	等我约会桑林中，
要我乎上宫[4]，	邀我欢聚上宫内，
送我乎淇之上矣[5]。	执手远送我到淇水。
爰采麦矣？	要问哪里割麦穗？
沬之北矣。	卫国沬邑城之北。
云谁之思？	要问我心装着谁，
美孟弋矣。	美女孟弋心房催。
期我乎桑中，	等我约会桑林中，
要我乎上宫，	邀我欢聚上宫内，
送我乎淇之上矣。	执手远送我到淇水。
爰采葑矣？	要问哪里采芜菁？

沫之东矣。	卫国沫邑城之东。
云谁之思？	要问我心装着谁？
美孟庸矣。	美女孟庸盛在胸。
期我乎桑中，	等我约会桑林中，
要我乎上宫，	邀我欢聚上宫内，
送我乎淇之上矣。	执手远送，淇水无尽穷。

【注释】

[1]爰（yuán元），何处。唐，蒙菜。

[2]沫（mèi妹），卫都，在今河南省淇县。

[3]孟，老大。姜，姓氏。孟姜、孟弋（yì亦）、孟庸都是美人的代称。

[4]要，邀。上宫，楼名。

[5]淇，卫地河流，在今河南省濬县。

鹑之奔奔

【导读】

这首诗讽刺卫国王室的荒淫无度。鹑鹑、喜鹊尚知廉耻，而地位尊贵的君王、贵族却连禽鸟都不如。

【评介】

"《鹑之奔奔》，刺卫宣姜也，卫人以为宣姜鹑鹊之不若也。"（《毛诗序》）

"卫人刺宣姜与顽，非匹偶而相从也。"（朱熹《诗集传》）

"这是一首讽刺、责骂卫国君主的诗。诗人看见鹑鹑、喜鹊都有自己固定的匹偶，联想卫国君主过着荒淫无耻的乱伦生活，政治腐败，激起了心头的愤怒，责骂他不是好东西，连禽兽都不如，根本不配当君长。"（程俊英《诗经译注》）

【原诗】　　　　　【译诗】

鹑之奔奔[1]，　　鹑鹑飞舞成双对，
鹊之强强[2]。　　喜鹊和鸣也般配。
人之无良，　　　那人品行皆不良，
我以为兄？　　　我竟认他为兄辈！

鹊之强强！　　　喜鹊对唱也般配，
鹑之奔奔。　　　鹑鹑飞舞成双对。
人之无良，　　　那人品行皆不良，
我以为君[3]？　　我竟当他君子辈！

【注释】

[1]鹑（chún纯），鹑鹑；奔奔，相随而飞。
[2]强强（qiāng枪），义同奔奔。
[3]君，泛指尊长。

定之方中

【导读】

这是一首赞颂卫文公复兴国家的诗。公元前660年，狄人入侵卫国，卫亡，卫懿公死。卫戴公率领百姓迁至漕邑。卫戴公死后，卫文公继位，在楚丘重建城池，使卫国逐渐复兴强大。《左传·闵公二年》载卫文公"务材训农，通商惠工，敬教劝学，授方任能"。

【评介】

"卫为狄所灭，文公徙居楚丘，营立宫室，国人悦之而作是诗以美之。""按《春秋传》，卫懿公九年冬，狄入卫，懿公及狄人战于荧泽而败，死焉。宋桓公迎卫之遗民渡河而南，立宣姜子申以庐于漕，是为戴公。是年卒，立其弟燬，是为文公。于是齐桓公合诸侯一城楚丘而迁卫焉。文公大布之衣，大帛之冠，务材训农，通商惠工，敬教劝学，授方任能。元年革车三十乘，季年乃三百乘。"（朱熹《诗集传》）

"这是一首人民赞美、歌颂卫文公从漕邑迁到楚丘重建卫国的诗。"（程俊英《诗经译注》）

【原诗】	【译诗】
定之方中[1]，	十里定星正当中，
作于楚宫[2]。	王室楚丘建新宫。
揆之以日[3]，	对着日影选朝向，
作于楚室。	营建土木兴楚宫。
树之榛栗，	四周种榛又种栗，
椅桐梓漆，	间杂梓漆和椅桐，
爰伐琴瑟[4]。	长大琴瑟取材丰。
升彼虚矣[5]，	登蹑漕邑废墟上，
以望楚矣。	远望楚丘地势壮。
望楚与堂，	遥观楚丘与堂邑，
景山与京[6]。	目测山陵与高冈。
降观于桑，	下来巡视蚕与桑，
卜云其吉，	卜得卦辞真吉祥，
终然允臧[7]。	果然结局好妥当。
灵雨既零，	阵雨及时降落过，
命彼倌人。	叫起马夫整车銮。
星言夙驾[8]，	趁着天晴早驾车，

国风·鄘风 95

说于桑田。	一路过来歇桑田。
匪直也人，	不只体察众百姓，
秉心塞渊[9]，	操心牢靠更深远，
骒牝三千[10]。	壮马母马养三千。

【注释】

[1]定，星名。方中，正在天空之中。

[2]楚宫，楚丘之官，在今河南淇县一带。

[3]揆（kuí葵），测量。日，日影。以日影来测量。

[4]爰（yuán元），于是。伐树用来做琴瑟。

[5]升，登。虚，同墟，漕邑故城。

[6]景，测度，看。京，高丘。

[7]允，确实。臧，好。

[8]星，晴。夙，早。驾，驾车。

[9]秉心，用意，操心。塞渊，思虑深远周止。

[10]骒（lái来），大马。牝（pìn聘），母马。

蝃蝀

【导读】

这首诗描写一个女子不顾"父母之命，媒妁之言"，追求婚姻自由，可是在出嫁之日却得不到别人的祝福，甚至有人指指点点，嘲笑于她。这首诗反映了当时女性的婚姻状况和社会地位。

【评介】

"《蝃蝀》，止奔也。卫文公能以道化其民，淫奔之耻，国人不齿

也。"(《毛诗序》)

"《蝃蝀》，刺一女子不由父母之命，媒妁之言，而自主婚姻者之作。"(陈子展《诗经直解》)

"这是女子争取婚姻自由，受到当时舆论的指责。"(程俊英《诗经译注》)

【原诗】　　　　　【译诗】
蝃蝀在东[1]，　　　东方驾起七彩虹，
莫之敢指[2]。　　　哪个敢指去调弄？
女子有行[3]，　　　这位姑娘私奔了，
远父母兄弟。　　　远离母亲与父兄。

朝隮于西[4]，　　　西方清晨挂彩虹，
崇朝其雨[5]。　　　雨儿一早细濛濛。
女子有行，　　　　这位姑娘私奔了，
远兄弟父母。　　　远离母亲与父兄。

乃如之人也，　　　就是这个小姑娘，
怀昏姻也[6]。　　　一心要嫁野老公。
大无信也[7]？　　　不守信用不贞洁，
不知命也？　　　　又不听命于父母。

【注释】
[1]蝃（dì帝）蝀（dōng东），彩虹。
[2]莫，没人。之，指代虹。古人忌讳用手指虹。
[3]有行，出嫁，此处应为私奔。
[4]朝，早晨。隮（jī机），虹。
[5]崇朝，终朝，整个早上。

[6]怀，败坏，搅乱。昏姻，即婚姻。
[7]信，诚信、贞洁。

相　鼠

【导读】

这首诗将上层统治者与老鼠作比较，怒斥他们贪得无厌，寡廉鲜耻。百姓们满腔怨愤，诅咒他们早早死去。

【评介】

"《相鼠》，刺无礼也。卫文公能正其群臣，而刺在位，承先君之化，无礼仪也。"（《毛诗序》）

"愚见，《相鼠》，民俗歌谣之言，诚不免于'太粗'。盖刺统治阶级荒淫无耻者之诗。"（陈子展《诗经直解》）

"这首诗是对于丧失廉耻，不成体统的反动统治阶级人物的痛骂，说他连耗子也不如。"（余冠英《诗经选译》）

"这是人民斥责卫国统治阶级偷食苟得、暗昧无耻的诗。"（程俊英《诗经译注》）

【原诗】	【译诗】
相鼠有皮[1]，	看那老鼠还有皮，
人而无仪[2]！	此人没脸没威仪。
人而无仪，	没脸没面没威仪，
不死何为？	苟活人间啥意思？
相鼠有齿，	看那老鼠有牙齿，

人而无止[3]！	此人丑行无休止。
人而无止，	既然丑行无休止，
不死何俟？	不早死去等啥呢？

相鼠有体，	看那老鼠有肢体，
人而无礼！	此人胡来不守礼。
人而无礼，	既然胡来不守礼，
胡不遄死[4]？	何不快快去寻死？

【注释】

[1]相，看，视。
[2]仪，威仪、体面。
[3]止，节止，节制，引申为礼节。
[4]遄（chuán船），快速。

干 旄

【导读】

　　这又是一首赞美卫文公的诗。诗中描写卫文公礼贤下士，亲自带着丝绸和良驹到浚邑寻访良才，从而为卫国的复兴奠定了基础。

【评介】

　　"《干旄》，美好善也，卫文公臣子多好善，贤者乐告以善道也。"（《毛诗序》）

　　"这是赞美卫文公招致贤士、复兴卫国的诗。"（程俊英《诗经译注》）

国风·鄘风　99

【原诗】　　　　　【译诗】

孑孑干旄[1]，　　　招贤旄旗高高飘，
在浚之郊[2]。　　　一路车行浚邑郊。
素丝纰之[3]，　　　旗边白丝把边绕，
良马四之。　　　　宝马四匹仰天啸。
彼姝者子，　　　　那位壮美好贤士，
何以畀之[4]？　　　行何重礼把他招？

孑孑干旟[5]，　　　招贤鸟旗高高飘，
在浚之都。　　　　一路在行到浚郊。
素丝组之，　　　　旗边白丝把边绕，
良马五之。　　　　宝马五匹仰天叫。
彼姝者子，　　　　那位壮美好贤士，
何以予之？　　　　用何聘金把他招？

孑孑干旌，　　　　招贤旌旗高高飘，
在浚之城。　　　　一路来到都城了。
素丝祝之，　　　　旗边白丝把边绕，
良马六之。　　　　宝马六匹仰天撩。
彼姝者子，　　　　那位壮美好贤士，
何以告之[6]？　　　用何措辞把他招？

【注释】

[1]孑孑（jié结），突出。干旄（máo毛），招贤旗，旗顶以牛尾为饰。
[2]浚，卫邑，楚丘邻近城市。
[3]素丝，白丝。纰（pí皮），镶边。
[4]畀（bì庇），送予、赠予。
[5]干旟（yú鱼），画鸟的招贤旗。
[6]告（gǔ古），告白，建议。

载　驰

【导读】

　　许穆夫人与卫戴公、卫文公都是卫公子顽与其后母宣姜私通所生，后嫁到许国。公元前660年，狄人亡卫，卫戴公率众迁至漕邑。不久，卫戴公亡于漕邑，许穆夫人闻讯赶往吊唁。许国大夫阻拦，许穆夫人心急如焚，写下了这首诗，表达了她对卫国的挂念，同时提出了联合大国抗狄复卫的主张。后许穆夫人协助卫文公得到齐桓公的帮助，复兴卫国于楚丘。许穆夫人是一位大智大勇的女性，也被认为是最早的爱国女诗人。

【评介】

　　"宣姜之女为许穆公夫人，闵卫之亡，驰驱而归，特以唁卫侯于漕邑。未至，而许之大夫，有奔走跋涉而来者。夫人知其必将以不可归之义来告，故心以为忧也。既而终不果归，乃作此诗以自言其意尔。"（朱熹《诗集传》）

　　"《载驰》，许穆夫人闵其宗国颠覆，纪事而作。""今人不知当时社会此等礼制之严，则不知许穆夫人毅然归唁卫侯、而许人执礼相责之酷，亦不知夫人此诗何为而作矣。"（陈子展《诗经直解》）

　　"卫国被狄人破灭后，出于宋国的帮助，遗民在漕邑安顿下来，并且立了新君卫戴公。戴公的妹妹许穆公夫人从许国到漕邑吊唁，并且为卫国计划向大国求援。许国人不支持她的这些行动，一直在抱怨她、反对她、阻拦她。她在这首诗里表示了她的愤怒。"（余冠英《诗经选译》）

【原诗】	【译诗】
载驰载驱，	赶起马车跑得忙，
归唁卫侯[1]。	归国慰问卫侯王。
驱马悠悠，	打马飞越悠长路，
言至于漕[2]。	漕城正在车前方。
大夫跋涉[3]，	朝中官员追赶我，
我心则忧。	叫我岂不起忧伤？
既不我嘉[4]，	你们虽不赞成我，
不能旋反[5]。	要我返驾理不当。
视尔不臧，	看到你们少方略，
我思不远[6]。	拙计虽愚胜无方。
既不我嘉，	你们虽不赞成我，
不能旋济[7]。	要我打住理不长。
视尔不臧，	看到你们少方略，
我思不閟[8]。	拙计不迁实开放。
陟彼阿丘，	登上那边高山岗，
言采其蝱[9]。	去采贝母走一趟。
女子善怀，	女子多愁又善感，
亦各有行[10]。	自有决策和主张。
许人尤之[11]，	许国官员怨尤我，
众稚且狂[12]。	众人幼稚又狂放。
我行其野，	漫步那边田野上，
芃芃其麦。	蓬蓬勃勃滚麦浪。
控于大邦[13]，	赶快求援告强国，
谁因谁极[14]。	依靠谁家来救亡？

大夫君子，	诸位高官大人啊，
无我有尤。	不要骂我真荒唐。
百尔所思，	纵然你们百般想，
不如我所之。	不如我请援走一趟！

【注释】

[1]归唁卫侯：许穆夫人（系卫国公主）听到卫国为狄人所亡，忙奔至漕邑吊唁。古人以吊人亡国为唁。就在漕邑，许穆夫人提出联齐抗狄主张，终获成功。

[2]漕，卫邑，在今河南淇县东。

[3]大夫，许国大夫。他们不辞辛苦，跋涉而至，要把许穆夫人劝阻回去。

[4]既，都。嘉，赞成、嘉许。

[5]反，返。

[6]我思，我的谋略。不远，不迂阔，有实效。

[7]济，渡河。

[8]閟（bì闭），闭塞。

[9]蝱（méng蒙），贝母，可治忧郁症。

[10]行，道理、路线。

[11]许人，许国大臣。尤，怨尤，不赞成。

[12]稚，幼稚。众稚，大家都不成熟。

[13]控，奔走相告。大邦，齐国。

[14]因，依靠。极，至，统兵救难。

国风·卫风

淇 奥

【导读】

这首诗用大量的比喻来赞美卫武公的美好品行和卓越才华，塑造了一个近乎完美的古代君王形象。

【评介】

"《淇奥》，美武公之德也。有文章，又能听其规谏，以礼自防，故能入相于周，美而作是诗也。"（《毛诗序》）

"卫人美武公之德，而以绿竹始生之美盛，兴其学问自修之进益也。""以竹之坚刚茂盛，兴其服饰之尊严，而见其德之称也。""以竹之至盛，兴其德之成就，而又言其宽广而自如，和易而中节也。"（朱熹《诗集传》）

"这是赞美卫国一位有才华的君子的诗。"（程俊英《诗经译注》）

【原诗】	【译诗】
瞻彼淇奥[1]，	看那淇水河湾，
绿竹猗猗。	绿竹深深翻卷。
有匪君子[2]，	那位翩翩少年，
如切如磋，	似象牙切磋过，
如琢如磨。	如美玉琢磨完。
瑟兮僴兮[3]，	多么庄重大度，
赫兮咺兮[4]。	何等仪态万端。
有匪君子，	那位翩翩少年，
终不可谖兮[5]。	永难忘怀释然。

瞻彼淇奥，	看那淇水河湾，
绿竹青青。	绿竹青青翻卷。
有匪君子，	那位翩翩少年，
充耳琇莹[6]，	宝石耳垂晶莹，
会弁如星[7]。	玉弁星辉灿烂。
瑟兮僴兮，	多么庄重大度，
赫兮咺兮。	何等仪态万端。
有匪君子，	那位翩翩少年，
终不可谖兮。	永难忘怀释然。
瞻彼淇奥，	看那淇水河湾，
绿竹如簀[8]。	绿竹密密翻卷。
有匪君子，	那位翩翩少年，
如金如锡，	精纯如金锡样，
如圭如璧。	温润如圭璧般。
宽兮绰兮[9]，	多么恢宏旷达，
猗重较兮[10]。	心胸如车耳宽宽。
善戏谑兮，	谈笑幽默风趣，
不为虐兮。	却不刻薄难堪。

【注释】

[1]瞻，看，远望。淇，淇水。淇奥（yù玉），淇水深曲处。

[2]匪，斐，有才华，有风度。

[3]瑟（sè色），矜持庄严。僴（xiàn现），威严。

[4]赫，有光采。咺（xuān宣），宣著，坦诚，有风度。

[5]谖（xun宣），忘记。

[6]充耳，冠帽两侧垂下的塞耳玉。琇（xiù秀），宝石。莹，晶莹光明。

[7]会，皮帽联缝处。弁（biàn变），皮帽。古人常将玉缝于帽上，灿若星斗。

[8]簀（zé责），积，茂密。

[9]宽，宽广弘大。绰，温柔舒缓。

[10]猗通"倚"，倚靠。重较，车耳，车上供扶靠的横木。这里比喻心胸宽广，可以依靠。

考　槃

【导读】

　　这首诗描写贤德之人隐居山野，独善其身，怡然自得。

【评介】

　　"《考槃》，刺庄公也。不能继先公之业，使贤者退而穷处。"（《毛诗序》）

　　"《考槃》，美贤者退而穷处，自成其乐之诗。美贤者隐退，刺庄公不用贤，美在此而刺在彼，言内言外之意可合而一。"（陈子展《诗经直解》）

　　"这是一首描写独善其身生活的诗。它给后人的影响较大，可能是隐逸诗之宗。"（程俊英《诗经译注》）

【原诗】	【译诗】
考槃在涧[1]，	溪水之乐无央，
硕人之宽[2]。	贤士心事欢畅。
独寐寤言[3]，	独睡醒，自言语，
永矢弗谖[4]。	流水乐，难相忘。
考槃在阿[5]，	山窝之乐无穷，

硕人之薖[6]。	贤士心事酣畅。
独寐寤歌,	独睡醒,自歌唱,
永矢弗过[7]。	山窝乐,永不忘。
考槃在陆,	高原之乐远方,
硕人之轴[8]。	贤士信步徜徉。
独寐寤宿,	独睡醒,睁眼睡,
永矢弗告[9]。	高原乐,不宣扬。

【注释】

[1]考,成。槃(pán盘),乐。

[2]硕人,大人,贤士。宽,心里舒畅。

[3]寐,睡着。寤,醒来。

[4]矢,发誓。谖(xuān宣),忘记。

[5]阿(ē婀),山阿,山窝。

[6]薖(kē科),美好,惬意。

[7]过,过去,忘怀。

[8]轴,车轴,引申为来回踱步、兜圈子。

[9]永矢弗告:自得其乐,发誓不告诉别人。

硕　人

【导读】

　　这首诗赞美卫庄公的夫人庄姜,她出生高贵,容貌美丽,出嫁时场面极为隆中,得到了大家的爱戴。其中"手如柔荑,肤如凝脂。领如蝤蛴,齿如瓠犀。螓首蛾眉,巧笑倩兮,美目盼兮。"一章流传千年,是描写貌美女子的经典语句。

【评介】

"《硕人》，闵庄姜也。庄公惑于嬖妾，使骄上僭，庄姜贤而不答，终以无子，国人闵而忧之。"（《毛诗序》）

"《春秋传》曰：'庄姜美而无子，卫人为之赋《硕人》。'即谓此诗。"（朱熹《诗集传》）

"《硕人》，庄姜始嫁，人见其嫁时及其嫁后短时期之幸福生活而作。"（陈子展《诗经直解》）

【原诗】	【译诗】
硕人其颀[1]，	美女身高腰儿细，
衣锦褧衣[2]。	锦衣之外罩纱披。
齐侯之子[3]，	她是齐侯的女儿，
卫侯之妻，	又是卫侯之娇妻，
东宫之妹[4]。	东宫太子的胞妹。
邢侯之姨，	邢国侯王的小姨，
谭公维私[5]。	谭公本是她妹婿。
手如柔荑[6]，	纤纤玉手如荑柔，
肤如凝脂。	冰肌雪肤如冻脂。
领如蝤蛴[7]，	脖颈恰比蝤蛴嫩，
齿如瓠犀[8]。	牙比瓠子更整齐。
螓首蛾眉[9]，	额头方方蛾眉齐，
巧笑倩兮，	深深酒窝传笑意，
美目盼兮。	双眼顾盼多美丽。
硕人敖敖[10]，	美人个高腰儿细，

说于农郊[11]。	车马停在农郊里。
四牡有骄,	高头大马有四匹,
朱帻镳镳[12],	马辔红缨飘飘起,
翟茀以朝[13]。	上朝车用雉羽饰。
大夫夙退,	拜罢君王该早去,
无使君劳。	别让君王太吃力。
河水洋洋,	河水茫茫有气势,
北流活活。	潮流向北水声急。
施罛濊濊[14],	甩开鱼网沙沙响,
鱣鲔发发;	鱣鲔泼泼水声急。
葭菼揭揭[15],	芦苇高高风声起,
庶姜孽孽[16],	姜家美女盛妆饰,
庶士有朅[17]。	儿郎英武有勇力。

【注释】

[1]颀,苗条,身高。

[2]衣,指穿衣。䌹(jiǒng炯),罩衣。

[3]齐侯,齐庄公。子,女儿。

[4]东宫,齐太子得臣。

[5]谭,在今山东历城。私,姊妹的丈夫。

[6]荑,白茅嫩芽。

[7]蝤(qiú)蛴(qí齐),天牛。全句谓其脖颈像天牛一般白。

[8]瓠(hù)犀,葫芦籽。

[9]螓(qín秦)首,额头方方,天庭饱满。娥,美好。

[10]敖敖,身材高挑。

[11]说,停车。

[12]朱帻(fén坟),用红绸、红缨装饰的马嚼、马辔。镳镳,盛美。

[13] 翟（dí敌），野鸡毛。茀（fú扶），遮蔽。
[14] 施，铺设。罛（gū孤），渔网。濊（huò或）濊，撒网入水声。
[15] 葭（jiā加），芦苇。菼（tǎn坦），荻草。揭揭，长得高而茂盛。
[16] 庶，众人。姜，陪嫁的一些姜家姑娘。孽孽，美丽齐整。
[17] 庶士，跟随庄姜的媵臣。朅（qiè怯），壮健。

氓

【导读】

这是一首弃妇诗，是一个典型的"痴心女子负心汉"的故事。诗中女子哀怨地叙述了他与丈夫从恋爱到结婚，到最后被抛弃的全过程，怒斥丈夫的背信弃义，最后表示与丈夫断绝关系。从"士之耽兮，犹可说也。女之耽兮，不可说也"可见女子对自己的遭遇有比较清醒地认识，只是在当时的社会环境下，女子无法掌控自己的命运。

【评介】

"《氓》，刺时也。宣公之时，礼义消亡，淫风大行，男女无别，遂相奔诱。华落色衰，复相弃背，或乃困而自悔，丧其妃耦，故序其事以风焉。美反正，刺淫泆也。"（《毛诗序》）

"此淫妇为人所弃，而自叙其事以道其悔恨之意也。"（朱熹《诗集传》）

"《氓》与《谷风》皆为弃妇之词，一悔其夫得新忘旧，一怨其夫始爱终弃。此皆关于民间男女婚变之故事诗，可作短篇小说读。"（陈子展《诗经直解》）

"这是弃妇的诗，诉述她的错误的爱情，不幸的婚姻，她的悔，她的恨和她的决绝。"（余冠英《诗经选译》）

【原诗】

氓之蚩蚩[1],
抱布贸丝。
匪来贸丝,
来即我谋[2]。
送子涉淇,
至于顿丘[3]。
匪我愆期[4],
子无良媒。
将子无怒[5],
秋以为期。

乘彼垝垣[6],
以望复关[7]。
不见复关,
泣涕涟涟。
既见复关,
载笑载言。
尔卜尔筮[8],
体无咎言[9]。
以尔车来,
以我贿迁[10]。

桑之未落,
其叶沃若。
于嗟鸠兮!
无食桑葚!
于嗟女兮!

【译诗】

那个小伙嘻嘻笑,
抱布换丝他来到。
其实不真为换丝,
商议婚期他心焦。
远远伴他过淇水,
送到顿丘才相告。
并非我把婚期延,
你无好人把媒保。
请君不要怒火烧,
秋天择日婚车到。

攀上那块破墙垣,
遥望复关我心焦。
望穿秋水不见影,
泪珠哗哗往下掉。
等到复关郎来到,
有说有笑兴致高。
快占课呀快卜卦,
但愿卦上无凶兆。
驾你婚车快过来,
搬我嫁妆捆扎牢。

桑叶尚在枝头摇,
叶儿青翠欲滴掉。
叫声馋嘴斑鸠呀,
不要贪吃桑葚饱。
叫声天真少女呀,

无与士耽[11]！	碰见男人别胡闹。
士之耽兮，	男人若把女人搞，
犹可说也。	说声要甩就甩掉。
女之耽兮，	女人若把男人恋，
不可说也。	哪能轻松把他抛？

桑之落矣，	桑树秋雨落叶飘，
其黄而陨。	桑叶黄黄风如刀。
自我徂尔[12]，	自从当年嫁给你，
三岁食贫[13]。	三年饿饭受煎熬。
淇水汤汤，	淇水滔滔流不尽，
渐车帷裳[14]。	溅湿车帘娘家跑。
女也不爽[15]，	我当妻子无过犯，
士贰其行[16]。	你做丈夫事颠倒。
士也罔极，	看你行为没准则，
二三其德[17]。	朝三暮四德行少。

三岁为妇，	三载为妻守妇道，
靡室劳矣[18]。	我做家务费辛劳。
夙兴夜寐，	早起晚睡忙不停，
靡有朝矣。	天天如此精力耗。
言既遂矣[19]，	好歹生活遂心了，
至于暴矣[20]。	你却翻脸好凶暴。
兄弟不知，	娘家兄弟不知情，
咥其笑矣[21]。	见我被逐都嘲笑。
静言思之，	静下心来想一想，
躬自悼矣[22]。	反躬自悔伤怀抱。

及尔偕老，	本想与你到白头，
老使我怨。	年岁渐老怨你孬。
淇则有岸，	淇水总还有堤岸，
隰则有泮[23]。	沼泽总还有坡草。
总角之宴[24]，	遥想少年相伴时，
言笑晏晏。	彼此谈笑兴致好。
信誓旦旦，	山盟海誓对天表，
不思其反[25]。	谁料翻脸全舍抛。
反是不思，	抛却誓盟你不想，
亦已焉哉[26]！	一刀两断又怎么着！

【注释】

[1]氓（méng萌），一说为农民，一说为流民，总之是位浪荡子。蚩蚩，嗤嗤，嘻嘻发笑。

[2]即，接近。谋，商量婚姻大事。

[3]顿丘，在今河南省清丰县。

[4]愆（qiān千）期，拖延期限。

[5]将（qiāng枪），请。

[6]乘，登上。垝（guǐ轨），毁坏。垣，土墙。

[7]复关，氓所住之处，在今河南清丰县西南。

[8]尔，你。卜，卜卦。筮（shì世），用草推算命运。

[9]体，卦象。咎言，凶咎不祥之言。

[10]贿，财物、嫁妆。迁，迁移。

[11]耽（dān丹），沉湎于享乐之中。

[12]徂（cú粗第二声），来到。

[13]岁，年。食贫，过着贫苦的生活。

[14]渐，漫水，打湿。帷裳，车上围布。

[15]爽，过错。

[16]忒，同忒，差错。行，行为。

[17]二三其德，德行心性反复无常。

[18]靡室，在房间休息得少。劳矣，劳作太多。

[19]遂，安定。指生活稍微安定下来。

[20]暴，暴怒，施暴。

[21]咥（xì戏），讥笑。

[22]躬，自己。悼，感伤，痛心。

[23]隰（xí习），低湿地。泮（pàn盼），畔，岸。

[24]总，系扎。角，少年头发上扎成的羊角辫。宴，快乐。

[25]不思，未曾想到。反，反复，变心。

[26]已，止。已焉哉，算了吧，不提了！

竹　竿

【导读】

这首诗描写出嫁女子想念自己的故乡，思归之情如流水绵绵不绝。

【评介】

"《竹竿》，卫女思归也。适异国而不见答，思而能以礼者也。"（《毛诗序》）

"卫女嫁于诸侯，思归宁而不可得，故作此诗。"（朱熹《诗集传》）

"盖其局度雍容，音节圆畅，而造语之工，风致嫣然，自足以擅美一时。"（方玉润《诗经原始》）

【原诗】

籊籊竹竿[1]，
以钓于淇。
岂不尔思？
远莫致之。

泉源在左，
淇水在右。
女子有行[2]，
远兄弟父母。

淇水在右，
泉源在左。
巧笑之瑳[3]，
佩玉之傩[4]。

淇水滺滺，
桧楫松舟[5]。
驾言出游，
以写我忧[6]。

【译诗】

竹竿长长细细，
扛到淇水钓鱼。
不是不想当日趣，
山遥路远难去。

左面清泉发源，
右面淇水涟涟。
姑娘出嫁离故园，
父母兄弟皆远。

右边淇水涟涟，
左边清泉发源。
笑落牙齿酒窝现，
扣着佩玉伫立。

淇水静静寂寂，
松舟相伴桧楫。
驾车出外游历去，
聊把忧愁忘记。

【注释】

[1]籊（dí敌）籊，悠长而细。

[2]有行，嫁人。

[3]瑳（cuō搓），本为鲜白之玉。本句以笑而露齿，齿如白玉相喻。

[4]傩（nuó挪），袅袅婷婷，行路而有节奏。

[5]桧（guì贵）楫，桧木所制之楫桨。

[6]以，用来。写，泻，宣泄。

芄 兰

【导读】

这首诗将卫惠公比作芄兰娇弱的枝叶，讽刺他幼年继位，无德无能。

【评介】

"《芄兰》，刺惠公也，骄而无礼，大夫刺之。"（《毛诗序》）

"惠公以幼童即位，自谓有才能而骄慢于大臣，但习威仪，不知为政以礼。"（《笺》）

"《芄兰》，讽童子以守分也。""此诗不过刺童子之好躐等而进，诸事骄慢无礼，以见先进恂恂退让之风无复存着。"（方玉润《诗经原始》）

"这是人民讽刺贵族童子的诗。这位童子，徒有佩觿、佩韘的外表装饰，惯于摆出贵族的架势，实际是一个幼稚无能的纨绔子弟。"（程俊英《诗经译注》）

【原诗】	【译诗】
芄兰之支[1]，	芄兰枝儿垂垂，
童子佩觿[2]。	少爷佩带角锥。
虽则佩觿，	他虽佩带角锥，
能不我知！	但哪知我是谁。
容兮遂兮[3]，	大摇大摆玉动，
垂带悸兮[4]！	晃晃荡荡带垂。
芄兰之叶，	芄兰叶儿低低，
童子佩韘[5]。	少爷佩带扳指。
虽则佩韘，	他虽佩带扳指，

能不我甲[6]！	不愿与我亲昵。
容兮遂兮，	大模大样玉动，
垂带悸兮！	晃晃荡荡带低。

【注释】

[1]芃（wán丸）兰，萝摩草。支，同枝。
[2]觿（xī西），用象骨所做的锥，用来解衣带之结。
[3]容，容貌俨然。遂，大摇大摆，使得佩玉晃动。
[4]悸，有节奏地摆动。
[5]韘（shè摄），射箭所用的指套，用骨或玉做成。
[6]甲，借作"狎"，亲密。

河　广

【导读】

　　这首诗写思乡之情，因为归情切切，所以黄河也不再宽广，言浅而意浓。

【评介】

　　"宣姜之女，为宋桓公夫人，生襄公而出归于卫。襄公即位，夫人思之，而义不可往。盖嗣君承父之重，与祖为体，母出与庙绝，不可以私反，故作此诗。"（朱熹《诗集传》）

　　"《河广》一诗，当为流行卫、宋民间，言两国相去不远，水陆密迩之歌谣。无他要义。"（陈子展《诗经直解》）

　　"这诗似是宋人侨居卫国者思乡之作。卫国在戴公之前都于朝歌，和宋国隔着黄河。本诗只说黄河不广，宋国不远，而盼望之情自在言

外。"(余冠英《诗经选译》)

"这是住在卫国的一位宋人思归不得的诗。卫国在戴公未迁漕以前,都城在朝歌,和宋国只隔一条黄河。诗里极言黄河不广,宋国不远,回去很为容易,却因某种限制而不能如愿。"(程俊英《诗经译注》)

【原诗】	【译诗】
谁谓河广[1]?	谁称黄河宽广?
一苇杭之[2]。	一叶苇筏可航。
谁谓宋远?	谁称宋国遥远?
跂予望之[3]。	踮起脚跟能望。
谁谓河广?	谁称黄河宽广?
曾不容刀[4]。	有时难容小船。
谁谓宋远?	谁称宋国遥远?
曾不崇朝[5]。	只需一早上岸。

【注释】

[1]河,黄河。广,宽广。
[2]苇,芦苇所编筏子。杭,航。
[3]跂(qì气),踮起脚尖望。
[4]刀,同舠(dāo刀),小舟。
[5]崇朝(zhāo招),整个早上。

伯 兮

【导读】

　　这是一首思妇诗。女子骄傲地描述着自己的丈夫，他英武不凡，受到君王的器重。可也就是因为这样，丈夫常年在外服役，女子在家日夜思念，无心妆容，苦不堪言。整首诗抒情细腻，欲抑先扬，情感层层释放，最后达到极致。

【评介】

　　"《伯兮》，刺时也。言君子行役，为王前驱，过时而不反焉。"（《毛诗序》）

　　"卫宣公之时，蔡人、卫人、陈人从王伐郑伯也。为王前驱久，故家人思之。"（《笺》）

　　"《伯兮》，妇人为其君子于役未归，深感痛苦而作。"（陈子展《诗经直解》）

　　"这是一位女子思念她远征的丈夫而作的诗。诗的艺术特点，是层层递进，集中写一个'思'字。"（程俊英《诗经译注》）

【原诗】	【译诗】
伯兮朅兮[1]，	郎君英武出众，
邦之桀兮[2]。	国家杰出英雄。
伯也执殳[3]，	郎君手执长殳，
为王前驱。	王之前驱先锋。
自伯之东[4]，	自从郎君征东，
首如飞蓬[5]。	头发乱似草蓬。
岂无膏沐[6]，	难道缺少发乳？

谁适为容[7]？	让我为谁美容？

其雨其雨，	都说下雨下雨，
杲杲出日[8]。	太阳出来火红。
愿言思伯，	一心思念郎君，
甘心首疾[9]。	甘心情愿头痛。

焉得谖草[10]，	何处找忘忧草？
言树之背[11]。	栽种在后院中。
愿言思伯，	一心思念郎君，
使我心痗[12]。	使我心病沉重。

【注释】

[1]伯，对夫君的尊称。朅（qiè怯），威武。

[2]桀，杰出人才。

[3]执，手持。殳（shū书），古兵器，长一丈二尺，无刃。

[4]之东，到东方去。

[5]飞蓬，杂乱飘飞的蓬草。比喻头发常不梳理。

[6]膏，发油，焗油发乳。沐，洗理。

[7]适，取悦。为容，美容治容，梳妆打扮。

[8]杲（gǎo稿）杲，日出时光华四射之状。

[9]首疾，头痛。

[10]焉，哪里。谖（xuān宣）草，萱草，金针菜，又称忘忧草。

[11]树，种植。背，房屋之北面。

[12]痗（mèi妹），病痛。

有 狐

【导读】

这首诗以狐的孤单暗示人的孤单,男子尚未婚配,所以没有妻子嘘寒问暖。也可理解为女子担心出门在外的丈夫,是否有衣裳御寒。

【评介】

"《有狐》,刺时也。卫之男女失时,丧其妃耦焉。古者国有凶荒,则失礼而多婚,会男女之无夫家者,所以育人民也。"(《毛诗序》)

"国乱民散,丧其妃耦,有寡妇见鳏夫而欲嫁之,故托言有狐独行,而忧其无裳也。"(朱熹《诗集传》)

"《有狐》,民间旷男怨女之作。作者用女人语气,疑为男子嘲弄女人之词,当采自歌谣。""倘谓《桃夭》美昏姻以时,《摽有梅》美男女及时。《有狐》则刺男女失时。诗人有美刺,婚礼有正变,义乃《诗序》,语有分晓,其亦庶乎云可也?"(陈子展《诗经直解》)

"这是一首女子忧念她流离失所的丈夫无衣无裳而作的诗。"(程俊英《诗经译注》)

【原诗】	【译诗】
有狐绥绥[1],	狐狸缓缓求偶,
在彼淇梁[2]。	在那淇水桥头。
心之忧矣,	心中真是忧愁,
之子无裳。	那人衣裳不够。
有狐绥绥,	狐狸迟迟求偶,
在彼淇厉[3]。	在那淇水渡口。

心之忧矣，　　心中真是忧愁，
之子无带[4]。　　那人腰带没有。

有狐绥绥，　　狐狸定定求偶，
在彼淇侧。　　在那淇水边走。
心之忧矣，　　心中真是忧愁，
之子无服。　　那人华服没有。

【注释】

[1]绥绥，缓缓行走。
[2]梁，桥梁。
[3]厉，水深而可徒步涉渡处。
[4]带，衣带，冠带。

木　瓜

【导读】

　　这首诗写情人之间互赠礼物，一来一往中，情更切，意更浓。

【评介】

　　"《木瓜》，美齐桓公也。卫国有狄人之败，出处于漕，齐桓公救而封之，遗之车马器服焉。卫人思之，欲厚报之而作是诗也。"（《毛诗序》）

　　"言人有赠我以微物，我当报之以重宝。而犹未足以为报也，但欲其长以为好而不忘耳。疑亦男女相赠答之辞，如《静女》之类。"（朱熹《诗集传》）

"《木瓜》，言一投一报，薄施厚报之诗。徒有概念，羌无故实。"（陈子展《诗经直解》）

"这是情人赠答的诗，作者似是男性。他说：她送我木瓜桃李，我用佩玉来报答，其实这点东西哪里就算报答呢，不过表示长久相爱的意思罢了。"（余冠英《诗经选译》）

【原诗】	【译诗】
投我以木瓜，	姑娘掷来木瓜，
报之以琼琚[1]。	我拿佩玉回赠她。
匪报也，	不仅为报答，
永以为好也。	永远相爱呀。
投我以木桃，	姑娘掷来蜜桃，
报之以琼瑶[2]。	我用美玉回赠她。
匪报也，	不仅为报答，
永以为好也。	永远深爱呀。
投我以木李，	姑娘掷来李子，
报之以琼玖[3]。	我用宝石回赠她。
匪报也，	不仅为报答，
永以为好也。	永远珍爱呀。

【注释】
[1]报，回赠。美玉为琼，佩玉为琚（jū居）。
[2]琼瑶，美玉。
[3]琼玖（shǔ九），黑色宝玉。

君子于役

王悟

国风·王风

黍 离

【导读】

这是一首怀念故国的诗。西周被犬戎所侵,平王率众迁都洛邑,建东周。西周大夫经过故国宗庙,叹物是人非。

【评介】

"《黍离》,闵宗周也。周大夫行役,至于宗周,过故宗庙宫室,尽为禾黍。闵周室之颠覆,彷徨不忍去,而作是诗也。"(《毛诗序》)

"幽王之乱而宗周灭,平王东迁,政遂微弱,下列于诸侯,其诗不能复雅而同于《国风》焉。"(《笺》)

"既叹时人莫识己意,又伤所以至此者,果何人哉?追怨之深也。"(朱熹《诗集传》)

"《黍离》,周大夫行役至于西周镐京,过故宗庙宫室,尽为禾黍,有所悯伤而作。"(陈子展《诗经直解》)

"这是诗人抒写自己在迁都时难舍家园的诗。"(程俊英《诗经译注》)

【原诗】	【译诗】
彼黍离离[1],	黍子齐齐整整,
彼稷之苗。	高粱荡荡悠悠。
行迈靡靡[2],	远征迟迟疑疑,
中心摇摇[3]。	心中茫然苦愁。
知我者,谓我心忧;	理解我的知我忧,
不知我者,谓我何求?	旁人说我有所求。
悠悠苍天!	渺茫苍天哪,

此何人哉？！	我是谁来没归宿？
彼黍离离，	黍子整整齐齐，
彼稷之穗。	高粱穗穗粗粗。
行迈靡靡，	远行迟迟疑疑，
中心如醉。	心中有如醉酒。
知我者，谓我心忧；	理解我的知我忧，
不知我者，谓我何求？	不知我者谓有求。
悠悠苍天！	渺茫苍天哪，
此何人哉？！	我是谁来没归宿？
彼黍离离，	黍子齐齐整整，
彼稷之实。	高粱粒粒饱熟。
行迈靡靡，	远足脚步踉跄，
中心如噎[4]。	心中噎住难受。
知我者，谓我心忧；	理解我的知我忧，
不知我者，谓我何求？	不知我者谓有求。
悠悠苍天！	渺茫苍天哪，
此何人哉？！	我是谁来没归宿？

【注释】

[1]黍（shǔ蜀），小米。离离，茂盛茁壮。

[2]行迈，出远门。靡靡，缓慢状。

[3]摇摇，形容感慨万千，摇荡不尽。

[4]噎（yē耶），哽住。

君子于役

【导读】

　　这是一首思妇诗，丈夫出征在外，不知归期。女子在家劳作，傍晚时分，看到牛羊归圈，越发思念、牵挂自己的丈夫。语言自然质朴，情感真挚动人。

【评介】

　　"《君子于役》，刺平王也。君子行役无期度，大夫思其危难以风焉。"（《毛诗序》）

　　"《君子于役》，君子行役无定期，其室家思念之而作。"（陈子展《诗经直解》）

　　"这诗写丈夫久役，妻在家怀念之情。每当家禽和牛羊归来的黄昏时候便是她想念最切的时候。"（余冠英《诗经选译》）

　　"这是一位妇女思念她久役于外的丈夫的诗。这位农村妇女，在暮色苍茫之中，看到牛羊等禽畜回来休息，而自己的丈夫则归家无期，就更觉寂寞、孤独，不禁唱出了这首情景交融的动人诗篇。"（程俊英《诗经译注》）

【原诗】	【译诗】
君子于役[1]，	夫君远方服役，
不知其期。	不知他的归期。
曷至哉[2]？	何时归来呢？
鸡栖于埘[3]，	鸡儿回了埘，
日之夕矣，	日头偏了西，
羊牛下来。	牛羊回院里。
君子于役，	夫君远方服役，

如之何勿思[4]？	叫我怎不忧思？

君子于役，	夫君远方服役，
不日不月[5]，	哪天哪月到底？
曷其有佸[6]？	何时归来团聚呢？
鸡栖于桀[7]，	鸡儿木桩栖，
日之夕矣，	日头偏了西，
羊牛下括[8]。	牛羊进栏去。
君子于役，	夫君远方服役，
苟无饥渴[9]？	只怕又渴又饥？

【注释】

[1]于役，去服劳役，正在服劳役。

[2]曷至哉，什么时候归来哟。曷，同"何"。

[3]埘（shí时），土墙上凿出的鸡窝。

[4]如之，如此这般。何勿思，难道还不想他吗？

[5]不日不月，归期不可知，没年没月。

[6]佸（huó活），会面，团聚。

[7]桀（jié杰），木制鸡笼。

[8]括，到，回来。

[9]苟，且，或许。

君子阳阳

【导读】

这首诗讽刺上层统治者沉迷于享乐，无心政事，更不知民间疾苦。

【评介】

"《君子阳阳》，闵周也，相招为禄仕，全身远害而已。"（《毛诗序》）

"此诗疑亦前篇妇人所作。盖其夫既归，不以行役为劳，而安于贫贱以自乐，其家人又识其意而深叹美之，皆可谓贤矣。"（朱熹《诗集传》）

"盖三代贤人君子，多隐仕于伶官，以其得节礼乐，可以陶性情而收和乐之功。故或处一房之中，或待遨游之际，无不扬扬自得，陶陶斯咏，又以自乐。"（方玉润《诗经原始》）

"《君子阳阳》，乐官遭乱，相招以卑官为隐，全身远害之作。"（陈子展《诗经直解》）

"这是描写舞师和乐工共同歌舞的诗。东周王国衰微，苟安在洛阳周围五六百里的地方，但照样设有专职的乐工和歌舞伎，以供统治阶级的享乐。"（程俊英《诗经译注》）

【原诗】	【译诗】
君子阳阳[1]，	好小伙，喜洋洋，
左执簧[2]，	左手握笙簧，
右招我由房[3]。	右手招我去游逛。
其乐只且！	开心啊，乐无疆。
君子陶陶，	好小伙，乐陶陶，
左执翿[4]，	左手拿羽毛，

右招我由敖[5]。　　右手挽我去游遨。
其乐只且！　　　　开心啊，乐陶陶。

【注释】

[1]阳阳，得意、得志的样子。
[2]簧（huáng黄），笙。
[3]由房，游逛。一说为房中之乐。
[4]翿（dào稻），舞蹈者手中挥舞的五色羽毛。
[5]由敖，游遨。

扬之水

【导读】

　　这首诗的主人公因为服兵役，常年戍守各地，不知何年何月可以回家。幽怨思归之情如在耳边。

【评介】

　　"《扬之水》，刺平王也。不抚其民而远屯戍于母家，周人怨思焉。"（《毛诗序》）

　　"平王母家申国，在陈、郑之南，迫近强楚，王室微弱而数见侵伐，王以是戍之。"（《笺》）

　　"平王以申国近楚，数被侵伐，故遣畿内之民戍之。而戍者怨思，作此诗也。""申侯与犬戎攻宗周而弑幽王，则申侯者，王法必诛，不赦之贼，而平王与其臣庶不共戴天之仇也。今平王知有母而不知有父，知其立己为有德，而不知其弑父为可怨，至使复仇讨贼之师，反为报施酬恩之举，则其忘亲逆理，而得罪于天已甚矣。又况先王之制，诸侯有故，则方伯连帅以诸侯之师讨之。王室有故，则方伯连帅以诸侯之师救之。天子乡遂之民，供贡赋，卫王室而已。今平王不能行其威令于天下，无以保其母家，乃劳天子之民，远为诸侯戍守，故周人之戍申者，又以非其职而怨思焉。则其衰懦微弱，而得罪于民，又可见矣。呜呼！《诗》亡而后《春秋》作，其不以此也哉！"（朱熹《诗集传》）

"《扬之水》，周平王遣戍于母家申国之士卒所作。""当采自歌谣。"（陈子展《诗经直解》）

【原诗】	【译诗】
扬之水[1]，	河水缓缓流，
不流束薪。	一捆木柴难漂走。
彼其之子，	我那美人儿呀，
不与我戍申[2]？	不能与我申地守。
怀哉怀哉！	想她呀，想她呀，
曷月予还归哉？	哪年归家有盼头？
扬之水，	河水缓缓流，
不流束楚[3]。	一捆荆条难漂走。
彼其之子，	我那美人儿呀，
不与我戍甫[4]？	不能与我甫地守。
怀哉怀哉！	想她呀，想她呀，
曷月予还归哉？	哪年归家有想头？
扬之水，	河水缓缓流，
不流束蒲[5]。	一捆蒲草难飘走。
彼其之子，	我那美人儿呀，
不与我戍许[6]？	不能与我许地守。
怀哉怀哉！	想她呀，想她呀，

曷月予还归哉？　　哪年归家开步走？

【注释】

[1]扬，悠扬，舒缓。

[2]戍，军队驻防。申，姜姓国，在河南唐河县南。

[3]楚，荆条。

[4]甫（fǔ府），姜姓国，在河南南阳西。

[5]蒲（pú仆），蒲柳。

[6]许，姜姓小国，在河南许昌。

中谷有蓷

【导读】

　　这是一首弃妇诗。诗中女子自比干枯的益母草，叙述自己饥荒之年遭丈夫遗弃的悲惨命运，如泣如诉，哀怨动人。

【评介】

　　"《中谷有蓷》，闵周也。夫妇日以衰薄，凶年饥馑，室家相弃尔。"（《毛诗序》）

　　"凶年饥馑，室家相弃，妇人览物起兴，而自述其悲叹之辞也。"（朱熹《诗集传》）

　　"《中谷有蓷》，凶年饥馑，夫妇化离之势。""当采自歌谣。"（陈子展《诗经直解》）

　　"这是描写一位弃妇悲伤无告的诗。这位弃妇于荒年中，被丈夫遗弃了。她在天灾人祸走投无路的处境中，毫无办法，只好慨叹、呼号、哭泣了。"（程俊英《诗经译注》）

【原诗】

中谷有蓷[1]，
暵其干矣[2]。
有女仳离[3]，
嘅其叹矣。
嘅其叹矣，
遇人之艰难矣[4]！

中谷有蓷，
暵其修矣[5]。
有女仳离，
条其啸矣[6]。
条其啸矣，
遇人之不淑矣！

中谷有蓷，
暵其湿矣。
有女仳离，
啜其泣矣[7]。
啜其泣矣，
何嗟及矣[8]！

【译诗】

山谷之中益母草，
久遇干旱渐枯焦。
那位少妇遭遗抛，
哀声叹气心焦了。
哀声叹气心焦了，
所遇丈夫负心了！

山谷之中益母草，
久遇干旱渐晒干。
那位少妇遭遗弃，
长吁短叹转长啸。
长吁短叹转长啸，
所遇男人好糟糕！

山谷之中益母草，
久遇干旱被淋湿。
那位少妇被遗弃，
珠泪如雨总哭泣。
珠泪如雨总哭泣，
再后悔，来不及！

【注释】

[1]蓷（tuī推），益母草。

[2]暵（hàn汗），干燥。

[3]仳（pǐ痞）离，别离，遗弃。

[4]艰难，说明所找男人不好，找好男人太不容易了。

[5]修，干。

[6]啸，长叹不已。

[7]啜，抽泣。

[8]何嗟及，应为"嗟何及"，感叹追悔也来不及了。

兔　爰

【导读】

　　这首诗写没落贵族主留恋西周宣王时的盛世，哀叹自己生不逢时，消极避世。

【评介】

　　"《兔爰》，闵周也。桓王失信，诸侯皆叛，构怨连祸，王师伤败，君子不乐其生焉。"（《毛诗序》）

　　"周室衰微，诸侯背叛，君子不乐其生，而作此诗。言张罗本以取兔，今兔狡得脱，而雉以耿介反离于罗。以比小人致乱，而以巧计幸免，君子无辜，而以忠直受祸也。……然既无如之何，则但庶几寐而不动以死耳。或曰：兴也。以兔爰兴无为，以雉离兴百罹也。"（朱熹《诗集传》）

　　"诗人不幸遭此乱离，不能不回忆，当初犹及见西京盛世，法制虽衰，纪纲未坏，其时尚幸无事也。……故不如长睡不醒之为愈耳。"（方玉润《诗经原始》）

　　"《兔爰》，诗人伤时感事，悲观厌世之作。""此诗当属于乱世之音、亡国之音一类。"（陈子展《诗经直解》）

　　"这是一首反映没落贵族厌世思想的诗。"（程俊英《诗经译注》）

【原诗】　　　　　【译诗】

有兔爰爰[1]，　　兔子自由自在，
雉离于罗[2]。　　野鸡掉进罗网。
我生之初，　　　当我初生之时，
尚无为。　　　　天下原本舒畅。
我生之后，　　　在我成人之后，
逢此百罹[3]。　　遭逢灾祸时光。
尚寐无吪[4]！　　愿好睡，话不讲。

有兔爰爰，　　　兔子自由自在，
雉离于罦[5]。　　野鸡掉进罩网。
我生之初，　　　当我初生之时，
尚无造[6]。　　　天下无有祸殃。
我生之后，　　　在我成人之后，
逢此百忧。　　　遭逢无限悽惶。
尚寐无觉！　　　愿安眠，忘痛伤。

有兔爰爰，　　　兔子自由自在，
雉离于罿[7]。　　野鸡掉进车网。
我生之初，　　　当我初生之时，
尚无庸[8]。　　　天下无有役仗。
我生之后，　　　在我成人之后，
逢此百凶。　　　遭逢诸般不祥。
尚寐无聪[9]！　　愿安睡，听觉伤。

【注释】

[1]爰爰（yuán 元），逃脱网罗、自由自在的样子。
[2]雉，野鸡。离，罹，遭受。罗，罗网。

[3]罹（lí离），忧患。

[4]尚，犹自，还在；吪（é俄），说话、骚动。

[5]罦（fú扶），覆车网，可用来捕野物。

[6]造，动荡。

[7]罿（chōng充），网罗。

[8]庸，劳苦、劳役。

[9]聪，听见。

葛藟

【导读】

这首诗表达与亲人离散，流离失所，孤苦无依的哀伤之情。

【评介】

"《葛藟》，王族刺平王也。周室道衰，弃其九族言。"（《毛诗序》）

"世衰民散，有去其乡里家族而流离失所者，作此诗以自叹。"（朱熹《诗集传》）

"《葛藟》，为一无父无母又离兄弟之孤儿乞食之歌。""当采自歌谣。"（陈子展《诗经直解》）

"这是流亡他乡者求助不得的怨词，同《旄丘》描写的情况相似。"（程俊英《诗经译注》）

【原诗】　　　　　　【译诗】

绵绵葛藟[1]，　　　野葡萄绵延不断，
在河之浒。　　　　铺展在青青河岸。
终远兄弟[2]，　　　远远离别兄和弟，
谓他人父[3]。　　　认人为父把亲攀。
谓他人父，　　　　认人为父把亲攀，
亦莫我顾。　　　　也无人把我照看！

绵绵葛藟，　　　　野葡萄绵延不断，
在河之涘[4]。　　　铺展在茫茫水边。
终远兄弟，　　　　远远离别兄和弟，
谓他人母。　　　　认人为母把亲攀。
谓他人母，　　　　认人为母把亲攀，
亦莫我有。　　　　亦无人把我喜欢！

绵绵葛藟，　　　　野葡萄绵延不断，
在河之漘[5]。　　　铺展在郁郁河滨。
终远兄弟，　　　　远远离别兄和弟，
谓他人昆[6]。　　　认人为兄把亲攀。
谓他人昆，　　　　认人为兄把亲攀，
亦莫我闻。　　　　终无人把我相怜！

【注释】

[1]绵绵，长而不断。葛藟（lěi磊），野葡萄。

[2]终，一说为既然，一说为最终。远，疏远，离开。

[3]谓，称谓，称呼。

[4]涘（sì四），水边。

[5]漘（chún纯），水滨。

[6]昆，兄。

采　葛

【导读】

　　这首诗描写相思之苦，"三月"、"三秋"、"三岁"，以时间递进表现情感的深入，堪称经典。"一日不见，如隔三秋。"即出自此诗。

【评介】

　　"《采葛》，惧谗也。"（《毛诗序》）

　　"桓王之时，政事不明，臣无大小，使出者则为谗人所毁，故惧之。"（《笺》）

　　"夫良友情亲，如同夫妇，一朝远别，不胜相思，此正交情浓处，故有三月、三秋、三岁之感也。"（方玉润《诗经原始》）

　　"《采葛》，只是极言相思迫切一种相思之比喻诗，徒具概念，羌无故实。徒有抽象之形式，而无具体之内容。不知诗人与所思念之人有何关系，无从指实思念何人，缘何思念，又何以一日不见、相思至于如此之迫切。所可言者、被思念之人，若果为采葛、采萧、采艾之劳动人民，诗人自属同一阶级。"（陈子展《诗经直解》）

　　"这是一首思念情人的诗。一个男子，对采葛织夏布，采萧供祭祀，采艾治病的勤劳的姑娘无限爱慕，就唱出这首诗，表达了他的深情。"（程俊英《诗经译注》）

【原诗】	【译诗】
彼采葛兮，	那位采葛的妙人儿呀，
一日不见，	一天没有看到她，
如三月兮。	如同相隔三月啦！
彼采萧兮[1]，	那位采萧的玉人儿呀，

| 一日不见， | 一天没有看到她， |
| 如三秋兮。 | 如同相隔三秋啦！ |

彼采艾兮[2]，	那位采艾的美人儿呀，
一日不见，	一天没有看到她，
如三岁兮。	如同隔了三年啦！

【注释】

[1]萧，蒿，祭祀时焚烧之香料。

[2]艾，可用来点燃驱蚊、辅助针灸。

大　车

【导读】

　　这首诗描写女子深爱自己的情人，却不能确定他的感情是否坚定，所以不敢贸然私奔。诗中男女可能因为礼教束缚或地位悬殊而不被允许结合，女子发下"榖则异室，死则同穴"的誓言，情感炽热如火，感天动地。

【评介】

　　"《大车》，刺周大夫也。礼义陵迟，男女淫奔，故陈古以刺今，大夫不能听男女之讼言。"（《毛诗序》）

　　"周衰，大夫犹有能以刑政治其私邑者，故淫奔者畏而歌之如此。然其去二南之化则远矣！此可以观世变也。"（朱熹《诗集传》）

　　"《大车》，楚灭息后，一息妇人殉国自杀而死之绝命词。"（陈子展《诗经直解》）

"这是一首女子热恋情人的诗。她很想和情人同居,但不知情人心里究竟如何,所以不敢私奔。但是她对情人发出誓词,表示她的爱是始终不渝的。这比风诗中的其他恋歌,较为大胆而又矜持。"(程俊英《诗经译注》)

【原诗】	【译诗】
大车槛槛,	大车到来声坎坎,
毳衣如菼[1]。	皮袍毛细芦色淡。
岂不尔思,	难道我不把你想,
畏子不敢!	怕你想爱又不敢。
大车啍啍,	大车到来慢吞吞,
毳衣如璊[2]。	皮袍毛色像赤璊。
岂不尔思,	难道我不把你想,
畏子不奔[3]!	怕你不敢同私奔。
榖则异室[4],	尽管在生不同衾,
死则同穴。	死后与君共一坟。
谓予不信,	要是你不把我信,
有如皦日[5]!	朗朗红日是见证。

【注释】
[1]毳(cuì粹),细毛皮衣;菼(tǎn坦),初生芦荻。
[2]璊(mén门),红玉。
[3]奔,私奔。
[4]榖(gǔ古),活着。
[5]皦(jiǎo角),皎,光明。

丘中有麻

【导读】

这是一首描写女子与其情人相遇、相恋,最后定情的诗。也有认为是一首隐逸诗,描写"留"姓大夫归隐田园,自耕自种,怡然自得。

【评介】

"《丘中有麻》,思贤也。庄王不明,贤人放逐,国人思之而作是诗也。"(《毛诗序》)

"周衰,贤人放废,或越在他邦,或尚留本国,故互相招集,退处丘园以自乐。"(方玉润《诗经原始》)

"《丘中有麻》,指有麻及有李之丘野,彼刘子嗟与刘子国、刘氏之子,祖孙父子三世耕种于其间,其人可思可敬矣。"(陈子展《诗经直解》)

【原诗】	【译诗】
丘中有麻,	高丘上,种着麻,
彼留子嗟[1]?	哪个女人缠子嗟?
彼留子嗟,	哪个女人缠子嗟,
将其来施施[2]。	让他高兴来我家。
丘中有麦,	高丘上,种小麦,
彼留子国?	哪个女人诱子国?
彼留子国,	哪个女人诱子国,
将其来食。	放他吃饭我家挪。
丘中有李,	高丘上,李树栽,

彼留之子[3]？	哪个女人诱吾爱？
彼留之子，	哪个女人诱吾爱，
贻我佩玖[4]。	须赠宝玉绣佩带。

【注释】

[1]子嗟，男子名。女人盼子嗟到来，生怕麻田里有其她女子在纠缠他。

[2]施施，喜悦、欢乐。

[3]之子，我的那个"他"。

[4]贻（yí移），赠送。玖（jiǔ九），稍次之玉石。赠佩玖代表求婚。

国风·郑风

缁 衣

【导读】

　　这首诗写妻子为丈夫缝制新的官服,重章叠句中见妻子的体贴与深情。

【评介】

　　"《缁衣》,美武公也。父子并为周司徒,善于其职,国人宜之,故美其德,以明有国善善之功焉。"(《毛诗序》)

　　"《缁衣》,王朝诗人托为周天子美郑武公之贤,即托为大奴隶主美小奴隶主(郑伯)努力总管(司徒)之贤而作。"(陈子展《诗经直解》)

　　"这是一首赠衣的诗。缁衣是当时卿大夫私朝穿的衣服。诗中的改衣、授粲都是较亲密的家人口气。看来,诗里的'予'就是这个穿缁衣的人的妻妾。"(程俊英《诗经译注》)

【原诗】	【译诗】
缁衣之宜兮[1],	黑朝服你穿多适宜,
敝,予又改为兮。	穿旧我再来改制。
适子之馆兮[2],	你去官署去办公,
还,予授子之粲兮[3]。	回来时,光彩新装递给你。
缁衣之好兮,	黑朝服你穿多美好,
敝,予又改造兮。	穿破我再来改造。
适子之馆兮,	你去官署去办公,
还,予授子之粲兮。	回来时,明晃晃新装举得高。

缁衣之席兮[4]，	黑朝服你穿多大方，
敝，予又改作兮。	穿坏我再做新装。
适子之馆兮，	你去官署去办公，
还，予授子之粲兮。	回来时，漂亮新衣衬容光。

【注释】

[1]缁（zī资），黑色。缁衣为朝服官衣。宜，合身，适宜。

[2]适，去。馆，官舍。

[3]粲（càn灿），簇新而有光采。

[4]席，宽大。

将仲子

【导读】

这是一首情诗。少女告诉情人不要偷偷到她家去，怕自己的父母兄弟反对。其实，少女是多么希望与情人约会，或许她心里还希望情人能不顾危险地前来，只是要小心一些，别让家人发现。这首诗如此真切地表现了少女矛盾心理，不由人联想起张生和莺莺的花园会。

【评介】

"《将仲子》，刺庄公也。不胜其母以害其弟，弟叔失道而公弗制，祭仲谏而公弗听，小不忍以致大乱也。"（《毛诗序》）

"庄公之母，谓武姜，生庄公及弟叔段，段好勇无礼，公不早为之所而使骄慢。"（《笺》）

"夫使人心无所畏，则富贵功名孰非可怀而可爱？惟能理解制其心，斯能以礼慎其守。"（方玉润《诗经原始》）

"《将仲子》述一女子遇一男子之相挑诱,婉言而严拒之。当采自里巷歌谣。"(陈子展《诗经直解》)

"这是写男女私情的诗。女劝男别爬过墙头到她的家里来,为的是怕父兄知道了不依,又怕别人说闲话。"(余冠英《诗经选译》)

"这是一首女子拒绝情人的诗。她拒绝情人的原因,是怕家庭反对、舆论指责,可是她内心是极爱他的。这种爱和礼教的矛盾,使她痛苦不安,不得不向情人叮嘱,请他不要再来。"(程俊英《诗经译注》)

【原诗】	【译诗】
将仲子兮[1]!	仲子二哥听我说,
无逾我里[2]!	不要把我家墙翻过,
无折我树杞!	不要把杞树枝来撞落。
岂敢爱之,	岂敢爱树得罪哥,
畏我父母。	怕被父母来发觉。
仲可怀也[3],	二哥我时时想念着,
父母之言,	只恐爹妈责怪我,
亦可畏也。	哎哟害怕难诉说。
将仲子兮!	仲子二哥听我说,
无逾我墙!	不要把我家院翻过,
无折我树桑!	不要把桑树枝来撞落。
岂敢爱之,	岂敢爱树得罪哥,
畏我诸兄。	只怕兄长有知觉。
仲可怀也,	二哥我时时想念着,
诸兄之言,	只怕诸兄骂我错,
亦可畏也。	哎呀害怕难申说。

将仲子兮！	仲子二哥听我说，
无逾我园！	不要从我家园墙过，
无折我树檀！	不要把檀树枝来撞落。
岂敢爱之，	岂敢爱树得罪哥，
畏人之多言。	只怕旁人闲话多。
仲可怀也，	二哥我时时想念着，
人之多言，	旁人闲话多又多，
亦可畏也。	哎哟害怕难藏躲！

【注释】

[1]将（qiāng枪），请。仲子，老二。
[2]里，居住之处。
[3]仲，仲子。此句谓虽然我想念着二哥。

叔于田

【导读】

　　这首诗是女子在赞美自己的心上人。"情人眼里出西施"，女子认为自己的心上人是最英武、最聪明、最能干的猎人，夸张之中流露出女子无限的骄傲和幸福。

【评介】

　　"《叔于田》，刺庄公也。叔处于京，缮甲治兵，以出于田，国人悦而归之。"（《毛诗序》）

　　"段不义而得众，国人爱之，故作此诗。"（朱熹《诗集传》）

　　"《叔于田》，赞美猎人之歌。其人好饮酒乘马，方在盛年。其在

当时社会,明为武士,属于士之一阶层。"(陈子展《诗经直解》)

"这是一首赞美猎人的诗。《诗经》中常用伯、仲、叔、季的表字;特别是女子,多半用它称其情人或丈夫。这是当时的习俗。这首诗,可能出自女子的口吻。诗中用了夸张的艺术手法,塑造了'叔'的美好形象。"(程俊英《诗经译注》)

【原诗】

叔于田[1],
巷无居人[2]。
岂无居人,
不如叔也,
洵美且仁[3]。

叔于狩[4],
巷无饮酒。
岂无饮酒,
不如叔也,
洵美且好。

叔适野,
巷无服马。
岂无服马[5],
不如叔也,
洵美且武[6]。

【译诗】

阿叔打猎出了门,
整条巷子没了人。
难道巷里真无人?
谁人堪与阿叔论,
诚实漂亮会疼人。

阿叔出门把猎狩,
巷中无人来饮酒。
难道真无人饮酒?
谁人堪与阿叔论,
诚实体面又温柔。

阿叔郊野把青踏,
巷中无人把马驾。
难道真无人驾马?
谁人堪与阿叔论,
诚实帅气武艺大。

【注释】

[1]叔,小叔子,泛指情人。于,去。田,田猎,打猎。
[2]居人,居住之人。

[3]洵，确实，实在。仁，谦逊仁厚。

[4]狩，冬猎为狩。

[5]服马，乘马，驾马。

[6]武，英武、威武、勇武，本领高强。

大叔于田

【导读】

　　这又是一首赞美情人的诗。在这首诗里，女子更加直接地描写心上人出猎时的勇猛不凡，技艺超群，她又担心又骄傲。

【评介】

　　"《大叔于田》，刺庄公也。叔多才而好勇，不义而得众也。"（《毛诗序》）

　　"案此诗与前篇同为刺庄公纵弟游猎之作，但前篇虚写，此篇实赋，前篇私游，此篇从猎，而愈矜其勇也。"（方玉润《诗经原始》）

　　"《大叔于田》，亦为赞美猎人之歌。似是改写之《叔于田》，或是二者同出于一母题之歌谣。""此二诗有不同者，《叔于田》其人为闾巷之士，一人单猎；《大叔于田》其人为大夫一流人物，率众围猎，且与郑君亲近，故诗云襢裼暴虎，献于公所。"（陈子展《诗经直解》）

　　"这诗赞美一个贵族勇猛善猎，精于射箭和御车。第一章写初猎搏虎，表现他的壮勇。第二章写驱车逐兽，表现他的善御。第三章写猎的收场，表现他的从容。"（余冠英《诗经选译》）

　　"这是赞美一位青年猎手的诗。他是贵族，也是一位壮勇善于射御的猎手。诗描写打猎的生动场面，使人如见其人，如临其事。这种铺张手法，给汉赋的影响很大。"（程俊英《诗经译注》）

【原诗】　　　　　　【译诗】
大叔于田，　　　　　大叔田猎去，
乘乘马[1]。　　　　　飞车有四马。
执辔如组，　　　　　手握缰绳如丝组，
两骖如舞[2]。　　　　左右骖骑舞蹄踏。
叔在薮[3]，　　　　　大叔在草丛，
火烈具举。　　　　　烟火皆纷沓。
袒裼暴虎[4]，　　　　赤膊空手抓老虎，
献于公所。　　　　　慷慨奉献公爷家。
将叔无狃[5]，　　　　大叔不要太大意，
戒其伤女[6]。　　　　当心老虎伤尊驾。

叔于田，　　　　　　大叔田猎去，
乘乘黄。　　　　　　飞车四黄马。
两服上襄[7]，　　　　两匹服马朝前奔，
两骖雁行。　　　　　两匹骖马雁飞霞。
叔在薮，　　　　　　大叔在湖边，
火烈具扬。　　　　　烟火把兽吓。
叔善射忌，　　　　　大叔善射百步箭，
又良御忌，　　　　　驾起车来本事大，
抑磬控忌[8]，　　　　控制速度紧勒马。
抑纵送忌[9]。　　　　纵马奔腾跑天下！

叔于田，　　　　　　大叔田猎去，
乘乘鸨[10]。　　　　 飞车四花马。
两服齐首[11]，　　　 两匹服马头并头，
两骖如手[12]。　　　 两匹骖马如手叉。
叔在薮，　　　　　　大叔在湖边，

火烈具阜[13]。	烟火随风刮。
叔马慢忌,	大叔马儿慢悠悠,
叔发罕忌[14]。	大叔箭儿不多发。
抑释掤忌[15],	解下箭袋藏起箭,
抑鬯弓忌[16]。	包裹硬弓放好它。

【注释】

[1]乘（shèng剩）马，一车四马。

[2]两骖（cān参），左右各两匹马拉车。如舞，马蹄如舞。

[3]薮（sōu叟），低湿而草木茂盛处。

[4]袒（tǎn毯）裼（xí习），上身裸露。暴虎，空手打虎。

[5]将，请。狃（niǔ纽），纯熟。无狃，不要因武艺好而大意。

[6]戒，小心。其，野兽。女，汝，你。

[7]两服，当中两马。襄，马头高扬。

[8]磬（qìng庆）控，勒马暂停。

[9]纵送，纵马奔腾。

[10]鸨（bǎo保），花色马。

[11]齐首，头挨头。

[12]如手，如左右手臂伸展开来。

[13]具，全都。阜（fù付），炽烈旺盛。

[14]发罕，发箭不多。

[15]释掤（bīng冰），打开箭袋来装箭。

[16]鬯（chàng畅），弓袋拉开。

清　人

【导读】

　　这是一首讽刺郑文公治国不力的诗。郑文公派贪财和跋扈的高克驻守边关,以防狄人入侵。后狄被卫国击退,郑文公也不将其召回,高克率军滞留不归,军心涣散,兵士们纷纷离散归家。诗中极力描写兵强马壮,与兵士的无所事事,嬉戏打闹形成强烈的对比,是极辛辣的讽刺。

【评介】

　　"《清人》,刺文公也。高克好利而不顾其君,文公恶而欲远之不能。使高克将兵而御狄于竟,陈其师旅,翱翔河上。久而不召,众散而归,高克奔陈。公子素恶高克进之不以礼,文公退之不以道,危国亡师之本,故作是诗也。"(《毛诗序》)

　　"郑文公恶高克,使将清邑之兵,御敌于河上,久而不召,师散而归。郑人为之赋此诗,言其师出之久,无事而不得归,但相与游戏如此,其势必至于溃败而后已尔。"(朱熹《诗集传》)

　　"《清人》,刺郑文公也。文公恶高克,使将清邑之兵御狄于河上,久而不召,众散而归,郑人为赋《清人》。"(陈子展《诗经直解》)

　　"这是一首讽刺郑国高克的诗。……诗极力渲染战马的强壮和武器的精美。每章末句,都含着辛辣的讽刺味道。"(程俊英《诗经译注》)

【原诗】	【译诗】
清人在彭[1],	清邑车马驻彭庄,
驷介旁旁[2]。	驷马披甲驰驱忙。
二矛重英[3],	双矛重重扎缨络,

河上乎翱翔！	大河上下车飞翔。
清人在消[4]，	清邑部队驻在消，
驷介麃麃[5]。	驷马披甲威风高。
二矛重乔[6]，	双矛重扎野鸡毛，
河上乎逍遥！	大河上下多逍遥。
清人在轴[7]，	清邑军旅驻在轴，
驷介陶陶[8]。	驷马披甲来回走。
左旋右抽，	左旋右抽身段妙，
中军作好[9]！	将军武艺第一流。

【注释】

[1]清，清邑，在今河南中牟县西南。彭，黄河边地名。

[2]驷介，披甲的四匹马。旁旁，来回驰驱不息。

[3]二矛，一名酋矛，一名夷矛。酋矛长两丈，夷矛二丈四尺。两矛并立在车上，红缨重叠。

[4]消，黄河旁郑国地名。

[5]麃（biāo标）麃，威武雄壮，雄赳赳。

[6]乔，借为"鹬"，长尾野鸡。用野鸡毛可以装饰长矛。

[7]轴（zhóu妯），黄河之滨的郑国地名。

[8]陶陶，马来回行走。

[9]中军，将领。

羔裘

【导读】

这首诗赞美一位郑国大夫，诗中以羔裘之美比喻郑国大夫的忠贞和英武。

【评介】

"《羔裘》，刺朝也。言古之君子以风其朝焉。"（《毛诗序》）

"郑自庄公而贤者陵迟，朝无忠正之臣，故刺之。"（《笺》）

"言此羔裘润泽，毛顺而美，彼服此者，当生死之际，又能以身居其所受之理，而不可夺。盖美其大夫之辞，然不知其所指矣。（朱熹《诗集传》）

"《羔裘》，陈古刺今，以讽在朝君臣不称其服之诗。"（陈子展《诗经直解》）

"这是赞美郑国一位正直官吏的诗。"（程俊英《诗经译注》）

【原诗】	【译诗】
羔裘如濡[1]，	身穿羊裘油光光，
洵直且侯[2]；	处世正直又善良。
彼其之子，	说起这位好汉子，
舍命不渝[3]。	宁舍生命不彷徨。
羔裘豹饰，	身穿绒裘豹皮装，
孔武有力[4]；	处世威武伟力彰。
彼其之子，	说起这位好汉子，
邦之司直[5]。	国家正义他扶匡。

羔裘晏兮[6]，	身穿羔裘好鲜亮，
三英粲兮[7]；	三色豹皮有毫光。
彼其之子，	说起这位好汉子，
邦之彦兮[8]。	真乃国家之栋梁。

【注释】

[1]濡（rú如），毛色润泽、柔嫩，油光光的样子。

[2]洵，确实。直，正直。侯，善而美。

[3]渝，改变。

[4]孔，很，特别。

[5]司直，劝谏君王过失的官。

[6]晏（yàn艳），鲜亮。

[7]三英，袖口的三道镶边。粲（càn灿），有光彩。

[8]彦（yàn艳），俊彦，英俊美貌的男士，这里指人才。

遵大路

【导读】

这首诗描写被抛弃的女子对丈夫恋恋不舍，苦苦规劝他回心转意。

【评介】

"《遵大路》，思君子也。庄公失道，君子去之，国人思望焉。"（《毛诗序》）

"淫妇为人所弃，故于其去，揽起祛而留之"（朱熹《诗集传》）

"这是一首弃妇的诗。这一对男女，可能不是正式的夫妻，但同居的时间比较长，而男子终于喜新厌旧，遗弃了女方。"（程俊英《诗经译注》）

【原诗】　　　　　　【译诗】

遵大路兮[1]，　　　沿着大路走，

掺执子之袪兮[2]。　紧紧牵拽君袖口。

无我恶兮，　　　　求君不要厌恶奴，

不寁故也[3]。　　　多年恩爱不能休！

遵大路兮，　　　　随着大道走，

掺执子之手兮。　　紧紧抓挽君子手。

无我魗兮[4]，　　　求君不要嫌我丑，

不寁好也。　　　　多年相好不能丢！

【注释】

[1]遵，遵循，沿着。

[2]掺（shǎn闪），抓住。袪（qū区），衣袖口。

[3]寁（jié节），快捷，疾速。故，故旧，指情人。

[4]魗，同丑。

女曰鸡鸣

【导读】

　　这首诗描写清晨时分新婚夫妻间的绵绵情话，充满了生活的情趣。

【评介】

　　"《女曰鸡鸣》，刺不说德也。陈古义以刺今不说德而好色也。"（《毛诗序》）

　　"此诗人述贤夫妇相警戒之词。""其相与警戒之言如此，则不留

于宴昵之私可知矣。"（朱熹《诗集传》）

"《女曰鸡鸣》，叙一家弋人（猎鸟者）夫妇向晨问答有关家常生活之诗。"（陈子展《诗经直解》）

"这诗以诗中人物的对话写出一对夫妇分担劳动，互相恩爱，和谐温暖的共同生活。"（余冠英《诗经选译》）

"这是一首新婚夫妇的联句诗。诗用对话、联句的形式，表现了一对新婚夫妇情投意合、欢乐和好的家庭生活。诗的对话和联句形式，给后世诗歌影响很大，可尊为联句诗之祖。"（程俊英《诗经译注》）

【原诗】	【译诗】
女曰鸡鸣，	女的惊呼"鸡叫唤"，
士曰昧旦[1]。	男的咕噜"天色暗"。
子兴视夜[2]，	"你且起床夜空看，
明星有烂。	启明星儿多灿烂。"
将翱将翔，	"睡醒的禽鸟飞成团，
弋凫与雁[3]。	去射野鸭与飞雁。"
弋言加之[4]，	"引箭射中鸭与雁，
与子宜之[5]。	与你一起来尝鲜。
宜言饮酒，	好菜烧好共饮酒，
与子偕老。	与你偕老到百年。
琴瑟在御[6]，	你弹琴来我鼓瑟，
莫不静好。	和谐美满心儿甜。"
知子之来之，	"知你来此情义罕，
杂佩以赠之[7]。	赠你佩玉连成串。
知子之顺之[8]，	知你温顺又体贴，
杂佩以问之[9]。	送你佩玉开心颜。

国风·郑风

知子之好之，	知你时时疼爱我，
杂佩以报之。	答谢佩玉俱喜欢。"

【注释】

[1]士，男子。昧旦，天色尚未大亮。

[2]兴，起来。

[3]弋（yì义），用丝绳系在箭上射猎。凫，野鸭。

[4]言，助词。加，射中。

[5]宜，做菜。

[6]御，使用，正在演奏。

[7]杂佩，各种珠玉宝石做成的佩饰。

[8]顺，温顺体贴。

[9]问，馈赠，赠送。

有女同车

【导读】

这首诗是男子赞美自己的情人貌美如花，高洁如玉。也有认为是描写男子迎娶自己美丽端庄的妻子，对她赞不绝口，以表现新婚之喜。

【评介】

"《有女同车》，刺忽也。郑人刺忽之不昏于齐。太子忽尝有功于齐，齐侯请妻之齐女。贤而不取，卒以无大国之助至于见逐，故国人刺之。"（《毛诗序》）

"然忽已辞昏，而诗仍存者，一为忽惜（失大国之援而见逐），一为忽幸（后文姜淫乱，几覆鲁国），而终以忽之辞昏为有见也，而又何

刺乎？"（方玉润《诗经原始》）

"《有女同车》，盖诗人为刺郑太子忽（昭公）如陈逆妇妫，不昏于齐而作。诗彼美孟姜，谓齐文姜也。"（陈子展《诗经直解》）

"这是一首贵族男女的恋歌。男方看中的姜家大姑娘，不但容貌美丽，更使他难忘的是品德好、内心美。"（程俊英《诗经译注》）

【原诗】	【译诗】
有女同车，	姑娘与我同车游，
颜如舜华[1]。	貌如槿花好风流。
将翱将翔，	行走如风如翱翔，
佩玉琼琚。	佩带琼琚难细数。
彼美孟姜，	美丽多情姜家女，
洵美且都[2]。	真是好看有风度。
有女同行，	姑娘与我并肩逛，
颜如舜英[3]。	貌如槿花好模样。
将翱将翔，	走起路来如翱翔，
佩玉将将[4]。	身上佩玉叮当响。
彼美孟姜，	美丽多情姜家女，
德音不忘[5]。	她的好处永不忘。

【注释】

[1]颜，脸蛋。舜，木槿。华，花。

[2]都，闲雅大方、仪态万千。

[3]英（yāng央），花朵。

[4]将将，锵锵相击之声。

[5]德音，美誉，好名声。

山有扶苏

【导读】

　　这首诗描写男女幽会时的嬉戏调笑的情景,女子戏称自己的心上人是狂徒、狡童,甜蜜亲昵自然流露。

【评介】

　　"《山有扶苏》,刺忽也。所美非美然。"(《毛诗序》)

　　"言忽所美之人实非美人。"(《笺》)

　　"然有时亦见狡童、狂且为美,而不见子都、子充之美者,则何以故?是非混则妍媸莫辨耳。"(方玉润《诗经原始》)

　　"《山有扶苏》,疑是巧妻恨嫁拙夫之歌谣。不见子都,乃见狂且;犹云燕婉之求,得此戚施也。"(陈子展《诗经直解》)

　　"这诗写一个女子对爱人的俏骂。"(余冠英《诗经选译》)

　　"这是写一位女子找不到如意对象而发牢骚的诗。"(程俊英《诗经译注》)

【原诗】	【译诗】
山有扶苏[1],	高山大树枝叶斜,
隰有荷华[2]。	低洼莲藕开荷花。
不见子都,	未见子都美少年,
乃见狂且[3]。	只见狂人小傻瓜。
山有桥松[4],	高山之上长巨松,
隰有游龙[5]。	洼地之中生水荭。
不见子充,	未见子充美英雄,
乃见狡童[6]。	只见滑头一狡童。

【注释】

[1]扶苏，扶疏，大树上枝叶茂盛。

[2]隰（xí习），低洼地。荷华，荷花。

[3]狂且（jū居），狂人疯汉。

[4]桥，乔，高大。

[5]游，飘荡摆动。龙，茏，水荭草。

[6]狡童，狡黠之小儿。

萚　兮

【评介】

　　这首诗描写男女幽会时，女子唱歌以和情人的情景。也有认为是描写男女集体歌舞的场面。

【导读】

　　"《萚兮》，刺忽也。君弱臣强，不倡而和也。"（《毛诗序》）

　　"《萚兮》，讽朝臣共扶危也。"（方玉润《诗经原始》）

　　"《萚兮》，咏叹落叶之歌。诗意自明，不须曲说。所可言者，此盖霜晨月夕，庭前树下，人民如兄如弟，一倡一和，载歌载舞之作。倘论其情调低沉感伤，又似其时社会骤骤变革，没落之贵族不胜空虚、寂寞、悲凉、哀怨之作，故所用语言文字不类贵族耳。"（陈子展《诗经直解》）

　　"这是一首民间集体歌舞诗，描写一群男女欢乐歌舞的场面，女子先带头唱起来，男子接着参加合唱。"（程俊英《诗经译注》）

【原诗】　　　　　【译诗】

萚兮萚兮[1]，　　枯叶啊，枯叶啊，

风其吹女。　　　风儿吹你到处歇。

叔兮伯兮！　　　小叔啊，大伯啊，

倡予和女[2]！　　你们起唱我来接。

萚兮萚兮，　　　枯叶啊，枯叶啊，

风其漂女。　　　风儿吹你悄然叠。

叔兮伯兮！　　　小叔啊，大伯啊，

倡予要女[3]！　　我唱你和再相约。

【注释】

[1]萚（tuò拓），枯叶。

[2]倡，领唱。和，二重唱或合唱。

[3]要（yāo妖），相邀，约会。

狡　童

【导读】

　　这首诗描写女子与恋人吵架时的心情。他们已经冷战了好几天，使女子寝食难安，十分苦恼。女子怨男子不来找她，娇嗔之态十分可爱。

【评介】

　　"《狡童》，刺忽也。不能与贤人图事，权臣擅命也。"（《毛诗序》）

　　"此亦淫女见绝而戏其人之词。"（朱熹《诗集传》）

　　"《狡童》，忧君为群小所弄也。"（方玉润《诗经原始》）

"《狡童》，郑贤臣刺昭公忽，不能深相信任而作。诗称昭公狡童，犹箕子诗称纣王狡童；卫武公诗称厉王而曰于乎小子也。"（陈子展《诗经直解》）

"这是一首女子失恋的诗歌。……《狡童》比较缠绵，依恋旧情，竟至废寝忘餐。《褰裳》比较泼辣，想得开，不为失恋而苦恼。"（程俊英《诗经译注》）

【原诗】
彼狡童兮[1]，
不与我言兮。
维子之故[2]，
使我不能餐兮。

彼狡童兮，
不与我食兮。
维子之故，
使我不能息兮[3]。

【译诗】
那位狡猾美少年，
不再对我情话甜。
为了你这薄情人，
使我吃饭难下咽。

那位狡猾美少年，
不再与我同餐饭。
为了你这寡情人，
使我睡觉难平安。

【注释】
[1]狡童，猾头青年，狡猾小子。
[2]维，因为。
[3]息，安息，睡眠。

褰 裳

【导读】

这是一首女子向情人撒娇的诗。女子表面上说自己有许多追求者，不稀罕他，其实是希望心上人能快快地来与她相见。

【评介】

"《褰裳》，思见正也。狂童恣行，国人思大国之正己也。"（《毛诗序》）

"是狡童者，后生有才而未知所裁之称。以其不知所裁，故思所以裁之，此名师益友之未可以一日无也。""《褰裳》，思见正于益友也。"（方玉润《诗经原始》）

"《褰裳》，疑是采自民间打情骂俏一类之歌谣。"（陈子展《诗经直解》）

"这是一位女子责备情人变心的诗。这位女子的性格，爽朗而干脆，富于斗争性。"（程俊英《诗经译注》）

【原诗】	【译诗】
子惠思我[1]，	你若爱我思念我，
褰裳涉溱[2]。	提起衣裳涉溱河。
子不我思，	你若并不思念咱，
岂无他人。	岂无他人来追我？
狂童之狂也且！	看你疯疯傻傻颠狂多！
子惠思我，	你若爱我想念我，
褰裳涉洧[3]。	提起衣裳涉洧河。
子不我思，	你若并不想念咱，

| 岂无他士。 | 岂无他人来求我？ |
| 狂童之狂也且！ | 看你浑浑噩噩颠狂多！ |

【注释】

[1]惠，爱恋。

[2]褰（qiān千），提起。裳，下衣裙。溱（zhēn真），郑国河流，在今河南密县东北圣水峪。

[3]洧（wěi伟），郑国之河，在河南登封、密县一带。

丰

【导读】

这首诗描写一个拒婚女子的悔恨之情。当时可能是家人反对，也可能是年少无知，女子拒绝了一个优秀男子的求婚，现在十分后悔，希望能再有机会穿上嫁衣和他一起生活。

【评介】

"《丰》，刺乱也。昏姻之道缺，阳倡而阴不和，男行而女不随。"（《毛诗序》）

"妇人所期之男子，已俟乎巷，而妇人以有异志不从。既则悔之，而作是诗也。"（朱熹《诗集传》）

"戴震云：'时俗衰薄，婚姻而卒有变志，非男女之情，乃其父母之惑也，故托为女子自怨之词以刺之。'"（王先谦《诗三家义集疏》）

"《丰篇》，盖男迎亲而女不行，父母变志，女自悔恨之诗。"（陈子展《诗经直解》）

"这是一首女子后悔没有和未婚夫结婚的诗。她希望未婚夫能重申旧好再来接触。"(程俊英《诗经译注》)

【原诗】	【译诗】
子之丰兮[1],	汉子魁梧体态丰,
俟我乎巷兮,	耐心等我在巷中。
悔予不送兮。	后悔没有将他送。
子之昌兮[2],	汉子剽悍体态长,
俟我乎堂兮,	耐心等我在大堂。
悔予不将兮。	后悔没有与他闯。
衣锦䋺衣[3],	锦缎衣裳里外套,
裳锦䋺裳。	轻纱又把锦衣罩。
叔兮伯兮!	叔叔伯伯好汉子,
驾予与行!	驾车接我乐逍遥。
裳锦䋺裳,	缎棉衣裳有光华,
衣锦䋺衣。	锦衣外面罩轻纱。
叔兮伯兮!	叔叔伯伯好汉子,
驾予与归[4]!	驾车接我同到家。

【注释】

[1]丰,丰满魁梧。
[2]昌,健壮昌盛状。
[3]衣,作动词用,穿着。锦衣穿于内;䋺(jiǒng 炯)衣是麻纱或绢制成的罩衣,所以穿套在外。
[4]归,嫁给他,嫁给那位伟岸男子。

东门之墠

【导读】

　　这首诗描写男女相爱却不得相见的痛苦。不知是礼教束缚,还是家人反对,使他们咫尺天涯,饱受相思之苦。

【评介】

　　"《东门之墠》,刺乱也。男女有不待礼而相奔者也。"(《毛诗序》)

　　"《东门之墠》,盖男女求爱、赠答唱和之歌。"(陈子展《诗经直解》)

　　"这首是爱情诗,女子词。她和所思住屋很近,两人却很疏远。她在想着他,怨他不来。"(余冠英《诗经选译》)

　　"这是一首男女相唱和的民间恋歌。诗共两章,上章男唱、下章女唱。这是民间对歌的一种形式。"(程俊英《诗经译注》)

【原诗】	【译诗】
东门之墠[1],	东门之外广场佳,
茹藘在阪[2]。	大坂盛开红茜花。
其室则迩,	他家虽则住得近,
其人甚远。	那人却像隔天涯。
东门之栗,	东门之外栗树旁,
有践家室[3]。	好人家人都夸奖。
岂不尔思,	难道我不把你想?
子不我即[4]。	怪你不到我身旁。

【注释】

[1]埠（shàn扇），广场平地。

[2]茹藘（rú驴），茜草。阪，土坡。

[3]践，善，好。有践家室，即德善人家。

[4]即，靠拢，相近。

风　雨

【导读】

　　这是一首描写风雨之夜，男女幽会的诗。女子等不到心上人，焦急万分；见到了心上人，欣喜若狂。也有认为是描写夫妻久别重逢。

【评介】

　　"《风雨》，思君子也。乱世则思君子不改其度焉。"（《毛诗序》）

　　"淫奔之女，言当此之时，见其所期之人而心悦也。"（朱熹《诗集传》）

　　"《风雨》，怀人之诗。诗人于风雨之夜，怀念君子，既而见之，喜极而作。诗人与君于有何关系？君子为何等人？诗所未言，殊难猜测。"（陈子展《诗经直解》）

【原诗】	【译诗】
风雨凄凄，	风雨凄凄沥沥，
鸡鸣喈喈[1]。	公鸡喔喔啼啼。
既见君子，	既与情哥已相见，
云胡不夷[2]？！	我还有何不如意？

风雨潇潇,	风雨潇潇浇浇,
鸡鸣胶胶。	雄鸡喔喔啼叫。
既见君子,	既与情哥已相好,
云胡不瘳[3]？！	相思病症自然消。
风雨如晦[4],	风雨晦晦暗暗,
鸡鸣不已。	雄鸡啼鸣不断。
既见君子,	既与情哥已相伴,
云胡不喜？！	我还有何不喜欢？

【注释】

[1]喈喈（jiē接）、胶胶等，都是摹拟鸡叫声。
[2]夷，平静，安心。
[3]瘳（chōu抽），病好。
[4]晦，昏暗。

子 衿

【导读】

这是一首女子想念情人的诗。这位痴情的女子可能昨天才与心上人约会过，可是才分手就又开始想他。为什么没有情书寄来？为什么不出现在我面前？这首诗生动地表现了热恋中女子的心情。

【评介】

"《子衿》，刺学校废也。乱世则学校不能修言。"（《毛诗序》）

"此盖学校久废不修，学者散处四方，或去或留，不能复原如平日

之盛，故其师伤之而作是诗。"（方玉润《诗经原始》）

"《子衿》，盖严师益友相责子相勉之诗。学校废，师友之道穷矣。"（陈子展《诗经直解》）

【原诗】

青青子衿[1]，
悠悠我心。
纵我不往，
子宁不嗣音[2]？

青青子佩，
悠悠我思。
纵我不往，
子宁不来？

挑兮达兮[3]，
在城阙兮[4]。
一日不见，
如三月兮。

【译诗】

君子衣领青又青，
总是印在我的心。
纵然我没去看你，
你却为何没音讯？

情哥佩带青又青，
总是缚住我的心。
纵然我没去寻你，
你却为何不来临？

走来走去意不宁，
城楼两侧苦苦等。
一日不见你身影，
好似分离三月整。

【注释】

[1]衿（jīn今），襟，衣领。
[2]嗣（sì四）音，继续给我捎信来。
[3]挑，也作"佻"；达，来回快走状。
[4]城阙（què却），城门两旁的观楼。

扬之水

【导读】

这首诗是女子在向心上人表达爱情决心,也劝心上人不要受外界影响。也有认为是夫妻分离时,妻子对丈夫的殷殷叮嘱。

【评介】

"《扬之水》,闵无臣也。君子闵忽之无忠臣良士,终以死亡,而作是诗也。"(《毛诗序》)

"窃意此诗不过兄弟相疑,始因谗间,继乃悔悟,不觉愈加亲爱,遂相劝勉。"(方玉润《诗经原始》)

"《扬之水》,盖诗人见人有间于兄弟二人者,作此诗以自儆,并期兄弟共儆之。"(陈子展《诗经直解》)

"这是夫将别妻,临行对她嘱咐的诗。'扬之水',是当时民歌流行的开头语。"(程俊英《诗经译注》)

【原诗】	【译诗】
扬之水[1],	扬水波平慢悠悠,
不流束楚[2]。	一捆荆条漂不走。
终鲜兄弟[3],	我家本来少兄弟,
维予与女。	只有你我长聚首。
无信人之言,	千万别信人谗言,
人实迋女[4]。	谗言骗你要有数。
扬之水,	扬水波平慢悠悠,
不流束薪。	一捆木柴漂不走。
终鲜兄弟,	我家本来少兄弟,

维予二人。	只有咱俩共白头。
无信人之言，	千万别信人谗言，
人实不信。	谗言逗你要有数。

【注释】

[1]扬，悠扬、舒缓状。

[2]束楚，捆扎起的荆条。

[3]鲜，少。

[4]迋（kuáng狂），同诳，欺骗。女，同"汝"，你。

出其东门

【导读】

　　这首诗表现一个男子对心上人的忠贞和痴情。虽然美女如云，但男子只爱那个白衣飘飘的女子，心儿也只为她跳动。

【评介】

　　"《出其东门》，闵乱也。公子五争，兵革不息，男女相弃，民人思保其室家焉。"（《毛诗序》）

　　"人见淫奔之女而作此诗。以为此女虽美且众，而非我思之所存，不如己之室家，虽贫且陋，而聊可自乐也。是时理风大行，而其间乃有如此之人，亦可谓能自好而不为习俗所移矣。羞恶之心，人皆有之，岂不信哉！"（朱熹《诗集传》）

　　"诗乃贤士道所见以刺时，而自明其志也。"（王先谦《诗三家义集疏》）

　　"《出其东门》，诗人自述安于其耐勤守俭之室家，而不二三其德

之作。"（陈子展《诗经直解》）

"这是一位男子表示对妻忠贞不二的诗。"（程俊英《诗经译注》）

【原诗】　　　　【译诗】
出其东门，　　　出了本城东门，
有女如云。　　　少女多如彩云。
虽则如云，　　　虽然少女如云，
匪我思存[1]。　　没我意中之人。
缟衣綦巾[2]，　　白衣绿裙女儿，
聊乐我员[3]。　　令我喜欢在心。

出其闉阇[4]，　　出了城郭人家，
有女如荼[5]。　　少女多如鲜花。
虽则如荼，　　　虽然少女如花，
匪我思且。　　　没我牵挂娇娃。
缟衣茹藘[6]，　　素衣红裙女儿，
聊可与娱。　　　与她娱乐无涯。

【注释】
[1]存，想念系挂之人。
[2]缟（gǎo搞），素白色。綦（qí其），淡绿色。巾，指围裙。
[3]聊，且。员，亲爱。
[4]闉（yīn因）阇（dū都），重门曲城。
[5]荼（tú徒），白茅花。
[6]茹（rú如）藘（lú驴），茜草，指代红围裙。

野有蔓草

【导读】

　　这首诗描写男子偶遇一位美丽清纯的姑娘，一见钟情，情投意合。春秋时期，大龄未婚男女可在仲春时节自由相会结合。

【评介】

　　"《野有蔓草》，思遇时也。君之泽不下流，民穷于兵革，男女失时，思不期而会焉。"（《毛诗序》）

　　"男女相遇于野田草露之间，故赋其所在以起兴。"（朱熹《诗集传》）

　　"遇时之思，盖因兵革不息，民人流离，冀觏名贤以匡其主，如齐侯之得管仲，秦伯之得百里奚耳。"（王先谦《诗三家义集疏》）

　　"这首诗写的是大清早上，草露未干，田野间一对情人相遇，欢喜之情，发于歌唱。"（余冠英《诗经选译》）

　　"这是一首恋歌。春秋时期，战争频繁，人口稀少。统治者为了蕃育人口，规定超龄的男女还未结婚的，可以在仲春时候自由相会，自由同居。这首诗就是写一对男女邂逅相遇于田间自由结合的情景。"（程俊英《诗经译注》）

【原诗】	【译诗】
野有蔓草[1]，	野地蔓延青草丛，
零露漙兮[2]。	又圆又亮露珠儿浓。
有美一人[3]，	那位美丽的姑娘哟，
清扬婉兮[4]。	眼儿明媚脸儿红。
邂逅相遇[5]，	无意之中巧相逢，
适我愿兮。	心满意足情与共。

野有蔓草，	野地蔓延青草丛，
零露漙漙[6]。	又亮又圆露珠儿重。
有美一人，	那位美丽的姑娘哟，
婉如清扬。	明媚眼儿面颊红。
邂逅相遇，	天意作美巧相逢，
与子偕臧[7]。	和谐美满心相同。

【注释】

[1]蔓，蔓延滋长。

[2]零，飘零，降落。漙（tuán团），同团，珠玉般团团圆。

[3]美，美女，俏丽姑娘。

[4]清扬，眉目清丽。婉，美好。

[5]邂逅（xiè hòu 谢后），相遇出于偶然，不期而遇。

[6]瀼（ráng瓤）瀼，浓而盛。

[7]臧，善，美，称心如意。一说臧同"藏"。

溱　洧

【导读】

　　这首诗描写古代三月三日上巳节，青年男女在河边自由约会的欢乐场面。

【评介】

　　"《溱洧》，刺乱也。兵革不息，男女相弃，淫风大行，莫之能救焉。"（《毛诗序》）

　　"郑国之俗。三月上巳之辰，采兰水上以祓除不祥。""于是士

女相与戏谑，且以勺药为赠而结恩情之厚也。此诗淫奔者自叙之词。"（朱熹《诗集传》）

"韩说曰：'《溱与洧》，说人也。郑国之俗，三月上巳之日于两水上，招魂续魄，祓除不祥，故诗人愿与所说者同往观也。'"（王先谦《诗三家义集疏》）

"《溱洧》，描述郑俗清明佳日，男女相悦，相约郊游之作。"（陈子展《诗经直解》）

"这诗写三月上巳之辰，郑国溱洧两河，春水涣涣，男女在岸边欢乐聚会的盛况。"（余冠英《诗经选译》）

【原诗】

溱与洧[1]，方涣涣兮[2]。
士与女，方秉蕑兮[3]。
女曰："观乎"？
士曰："既且"。
"且往观乎"？
洧之外，洵訏且乐[4]。
维士与女，
伊其相谑[5]，
赠之以勺药。

溱与洧，浏其清矣[6]。
士与女，殷其盈矣[7]。
女曰："观乎"？
士曰："既且"。
"且往观乎"？
洧之外，洵訏且乐。
维士与女，

【译诗】

溱水洧水哗哗流，
男男女女兰在手。
姑娘提议："去看吧？"
小伙答曰："曾去游。"
"咱俩再去看个够？"
洧水岸宽游乐处，
男男女女手拉手，
尽情说笑又相逗，
互赠芍药心意投。

溱水洧水清又深，
男男女女人挨人。
姑娘提议："去看吧？"
小伙答曰："早成行。"
"咱俩再去看分明？"
洧水岸宽游乐处，
男男女女心连心，

伊其将谑，	任意玩笑都尽兴，
赠之以勺药。	互赠芍药心意明。

【注释】

[1]溱（zhēn真）、洧（wěi尾），郑国的两条河流。三月上巳节时青春男女都要在此相聚游春，传达相思。

[2]涣涣，盛大，浩浩荡荡。

[3]方，正在。秉，手拿。蕳（jiān尖），又名兰，祛除不祥之香草。

[4]洵（xún寻），实在。訏（xū虚），大，宽广。

[5]伊，是。相谑，彼此相互调笑逗乐。

[6]浏，水清状。

[7]殷，众多。盈，满盈。

国风·齐风

鸡　鸣

【导读】

　　这首诗是妻子催促丈夫早起上朝,一问一答,颇有生活气息。

【评介】

　　"《鸡鸣》,思贤妃也。哀公荒淫怠慢,故陈贤妃贞女,夙夜警戒相成之道焉。"(《毛诗序》)

　　"言古之贤妃御于君所,至于将旦之时,必告君曰,鸡既鸣矣,会朝之臣既已盈矣。欲令君早起而视朝也。然其实非鸡之鸣也,乃苍蝇之声也。盖贤妃当夙兴之时,心常恐晚,故闻其似者而以为真,非其心存警畏,而不留于逸欲,何以能此。故诗人叙其事而美之也。"(朱熹《诗集传》)

　　"此正士夫之家,鸡鸣待旦,贤妇关心,常恐早朝迟误有累盛德。"(方玉润《诗经原始》)

　　"《鸡鸣》,盖诗人设为妃与君问答,夙夜警戒,刺君失时晏起所作。"(陈子展《诗经直解》)

　　"这诗全篇是一夫一妇的对话。丈夫留恋床笫,妻怕他误了早朝,催他起身。"(余冠英《诗经选译》)

【原诗】	【译诗】
鸡既鸣矣,	"你听鸡都叫过啦,
朝既盈矣[1]。	人家早朝都到啦!"
匪鸡则鸣,	"不是公鸡喔喔叫,
苍蝇之声。	是那苍蝇嗡嗡闹。"
东方明矣,	"你看东方天色亮,

朝既昌矣[2]。	人家早朝都到场。"
匪东方则明，	"不是东方天色亮，
月出之光。	是那明月放光芒。"
虫飞薨薨[3]，	"虫声嗡嗡睡意重，
甘与子同梦。	甘愿抱你同入梦。"
会且归矣[4]，	"晨会官员快退朝，
无庶予子憎[5]。	你别怨我太懵懂。"

【注释】

[1]朝，朝廷。盈，满，人头济济。

[2]昌，众多。

[3]薨（hōng烘）薨，虫子成群结队时的振翅声。

[4]会，朝会。且，就要。归，回家。

[5]无庶，庶无。予，我。子，你。憎，讨厌，责怪。

还

【导读】

这是一首猎人之间互相赞美的诗。

【评介】

"《还》，刺荒也。哀公好田猎，从禽兽而无厌，国人化之，遂成风俗。习于田猎谓之娴，闲于驰逐谓之好焉。"（《毛诗序》）

"荒谓政事废乱。"（《笺》）

"猎者交错于道路，且以便捷轻利相称誉如此，而不自知其非也。"

国风·齐风

则其俗之不美可见，而其来亦必有所自矣。"（朱熹《诗集传》）

"此不过猎者互相称誉，诗人从旁微哂，因直述其词，不加一语，自成篇章。而齐俗急功利、喜夸诈之风，自在言外，亦不刺之刺也。"（方玉润《诗经原始》）

"《还》篇，当是猎人之歌。此用粗犷愉快之调子，歌咏二人之出猎活动，表现一种壮健美好之劳动生活。诗意自明。国人出猎劳动，当美；国君好猎荒乐，当刺。"（陈子展《诗经直解》）

【原诗】

子之还兮[1]，
遭我乎峱之间兮[2]。
并驱从两肩兮[3]，
揖我谓我儇兮[4]。

子之茂兮[5]，
遭我乎峱之道兮。
并驱从两牡兮，
揖我谓我好兮。

子之昌兮，
遭我乎峱之阳兮。
并驱从两狼兮，
揖我谓我臧兮[6]。

【译诗】

你这猎手好利索，
与我相逢峱山窝。
并马追杀两野猪，
作揖夸我真不错。

你这猎手好健壮，
咱俩相逢峱道上。
并马驱赶两雄兽，
你还拱手夸我强。

你这猎手太剽悍，
与我相逢峱山南。
并马追赶两头狼，
你还作揖把我赞。

【注释】

[1]还，旋，轻捷。
[2]峱（náo挠），山名，在今山东临淄县南。
[3]并驱，并驾齐驱。从，追捕。肩，三岁野猪。

[4]揖，拱手表敬意。儇（xuān宣），身手矫健轻捷。
[5]茂，美，高超完美。
[6]臧，善，能干。

著

【导读】

　　这首诗描写女子出嫁时的喜悦心情。新郎已经到了，他如美玉般英俊不凡，能嫁得这样一位如意郎君，新娘喜不自禁，唱出这首赞美的诗。

【评介】

　　"《著》，刺时也，时不亲迎也。"（《毛诗序》）

　　"时不亲迎，故陈亲迎之礼刺之。"（《笺》）

　　"《著》篇，诗人为一贵族女子自述于归，想望其婿亲迎之词。"（陈子展《诗经直解》）

　　"这是一位女子写她的夫婿来'亲迎'的诗。"（程俊英《诗经译注》）

【原诗】

俟我于著乎而[1]，
充耳以素乎而[2]，
尚之以琼华乎而[3]。

俟我于庭乎而，
充耳以青乎而，
尚之以琼莹乎而。

【译诗】

新郎等我门屏间，
帽边充耳白丝线，
尚有红玉光闪闪！

新郎等我庭院间，
帽边充耳白丝线，
尚有红玉莹莹然。

俟我于堂乎而，	新郎等我厅堂间，
充耳以黄乎而，	帽边充耳黄丝线，
尚之以琼英乎而。	尚有红玉光色鲜。

【注释】

[1]俟（sì 四），等。著，门屏之间。
[2]充耳，冠帽两侧所挂之玉，可以用来塞耳。
[3]尚，尚有。琼华乃至琼莹、琼英，都是充耳之玉瑱。

东方之日

【导读】

　　这首诗写男女新婚，新郎清晨醒来，为自己能娶到如此美丽的妻子而兴奋不已。也有认为是女子主动追求心上人。

【评介】

　　"《东方之日》，刺衰也。君臣失道，男女淫奔，不能以礼化也。"（《毛诗序》）

　　"韩说曰：'诗人言所说者颜色盛美，如东方之日。'"（王先谦《诗三家义集疏》）

　　"《东方之日》，确为贵族淫奔之诗。"（陈子展《诗经直解》）

　　"这是诗人写一个女子追求他的诗，可能是反映了齐国统治者的恋爱生活。"（程俊英《诗经译注》）

【原诗】　　　　【译诗】

东方之日兮。　　东方升起太阳，

彼姝者子[1]，　　那位美丽姑娘，

在我室兮；　　　此时就在我房。

在我室兮，　　　姑娘在我房啊，

履我即兮[2]。　　踏我膝头上啊！

东方之月兮。　　东方升起月亮，

彼姝者子，　　　那位美丽姑娘，

在我闼兮[3]；　　拴门留她在房。

在我闼兮，　　　姑娘在我房啊，

履我发兮[4]。　　踩我双脚上啊！

【注释】

[1]姝（shū书），美好。子，女郎。

[2]履，踏着。即，膝。

[3]闼（tà挞），门内。

[4]发，脚。

东方未明

【导读】

　　这是一首发牢骚的诗，诗的作者天还没亮就要起来工作，起早贪黑，还要被监工训斥。

【评介】

"《东方未明》,刺无节也。朝廷兴居无节。号令不时,挈壶氏不能掌其职焉。"(《毛诗序》)

"此诗人刺其君兴居无节,号令不时。"(朱熹《诗集传》)

"《东方未明》,诗人为刺国君车居无节,号令不时而作。"(陈子展《诗经直解》)

"这首诗写劳苦的人民为了当官差,应徭役,早晚都不得休息。监工的人瞪目而视,一刻都不放松。"(余冠英《诗经选译》)

"这首诗,以一个妇女的口吻,写她当小官吏的丈夫忙于公事,早晚不得休息,对自己的妻子还不放心,引起了女主人的怨意。"(程俊英《诗经译注》)

【原诗】	【译诗】
东方未明,	东方还未天亮,
颠倒衣裳;	颠倒快穿衣裳。
颠之倒之,	正反上下颠倒,
自公召之。	公爷召唤太忙。
东方未晞[1],	东方还无亮光,
颠倒裳衣;	颠倒快穿衣裳。
倒之颠之,	正反上下颠倒,
自公令之。	公爷传令太忙。
折柳樊圃[2],	折柳围住菜园,
狂夫瞿瞿[3];	公爷逼视怒狂。
不能辰夜[4],	不分白天黑夜,
不夙则莫[5]。	早起晚睡奔忙。

【注释】

[1]晞（xī希），太阳将出之时。

[2]樊（fán凡），樊篱。圃，菜园。

[3]瞿瞿（qú渠），瞪着眼睛看，怒视。

[4]辰，时辰。

[5]夙（sù速），早；莫，暮。

南　山

【导读】

　　这首诗讽刺齐襄公与妹妹文姜私通。两人原就有私情，文姜嫁与鲁桓公后仍藕断丝连。鲁桓公和文姜到齐国，齐襄公乘机杀了鲁桓公。鲁桓公死后，两人便更加肆无忌惮。人们不耻于他们的丑行，作这首诗来讽刺他们。

【评介】

　　"《南山》，刺襄公也。鸟兽之行，淫乎其妹。大夫遇是恶，作诗而去之。"（《毛诗序》）

　　《春秋》，桓公十八年，公与夫人姜氏如齐，公薨于齐。《传》曰："公将有行，遂与姜氏如齐。申繻曰：'女有家，男有室，无相渎也，谓之有礼。易此必败。'公会齐侯于泺，遂及文姜如齐，齐侯通言。公谪之，以告。夏四月，享公，使公子彭生乘公，公薨于车。"此诗前二章刺齐襄，后二章刺鲁桓也。（朱熹《诗集传》）

　　"《南山》，诗人为刺齐襄公鸟兽之行，淫乎其妹文姜而作。"（陈子展《诗经直解》）

　　"这是一首讽刺齐襄公淫乱无耻的诗。"（程俊英《诗经译注》）

【原诗】	【译诗】
南山崔崔[1]，	巍巍南山好高大，
雄狐绥绥[2]。	骄骄公狐淫心发。
鲁道有荡[3]，	鲁国驰道坦荡荡，
齐子由归[4]。	文姜由此去出嫁。
既曰归止，	既然她已嫁人啦，
曷又怀止[5]？	那你为啥还爱她？
葛屦五两[6]，	葛鞋只只结成队，
冠緌双止[7]。	冠缨双双配成对。
鲁道有荡，	鲁国大路坦荡荡，
齐子庸止[8]。	文姜由此婆家回。
既曰庸止，	既然她把婆家回，
又从止[9]？	那你为啥紧跟随？
艺麻如之何[10]？	要问青麻怎样种，
衡从其亩[11]。	直耕横耙成田垄。
取妻如之何？	要问妻子如何娶？
必告父母。	告诉爹妈齐赞同。
既曰告止，	既然娶回妻子来，
曷又鞠止[12]？	为啥把她来放纵？
析薪如之何[13]？	想劈木柴用什么？
匪斧不克。	不用斧头难劈破。
取妻如之何？	要问妻子如何娶？
匪媒不得。	必把媒人来经过。
既曰得止，	既然娶回妻子来，
曷又极止[14]？	为啥让她游荡多？

【注释】

[1]南山,齐国之山,又名牛山。崔崔,高大。

[2]绥绥,缓缓求偶的样子。

[3]有荡,坦荡荡。

[4]齐子,文姜。文姜系齐襄公之同父异母妹,兄妹私通。由归,从这条大道上出嫁。文姜嫁给鲁桓公。桓公觉察夫人丑事后被襄公所害。

[5]怀,想念。止,语气助词。

[6]葛屦(jǜ锯),麻布鞋。五两,排列成双。

[7]绥(ruí蕤),冠带。

[8]庸,用,用鲁道而嫁人。

[9]从,跟从,追随。

[10]艺,种植。

[11]衡从,横纵,用若动词。

[12]鞠(jū居),穷,穷奢极欲。

[13]析薪,劈柴。

[14]极,到。

甫 田

【导读】

这首诗的主题较模糊。有人认为是女子思念青梅竹马的恋人,有人认为是流亡的农民想起家乡。

【评介】

"《甫田》,大夫刺襄公也。无礼义而求大功,不修德而求诸侯,志大而心劳,所以求者非其道也。"(《毛诗序》)

"言无田甫田也,田甫田而力不给,则草盛矣。无思远人也,思远人而人不至,则心劳矣。以戒时人厌小而务大,忽近而图远,将徒劳而无功也。""此又以明小之可大,迩之可远,能循其序而修之,则可以忽然而至其极。若腊等而欲速,则反有所不达矣。"(朱熹《诗集传》)

"《甫田》,诗人思念远人,其人忽见,惊喜而作。""倘以诗之言外之意求之,则似为母远思其子,终得相见,热泪夺眶,喜极而作。岂有关文姜与鲁庄公母子间事乎?未敢断言矣。"(陈子展《诗经直解》)

【原诗】

无田甫田[1],
维莠骄骄[2]。
无思远人,
劳心忉忉[3]。

无田甫田,
维莠桀桀[4]。
无思远人,
劳心怛怛[5]。

婉兮娈兮[6],
总角丱兮[7]。
未几见兮,
突而弁兮[8]。

【译诗】

宽广田地莫要种,
野草丰茂一蓬蓬。
远方人儿莫要想,
想得心头多沉痛!

宽广田地莫要耕,
野草丰茂一层层。
远方人儿莫要想,
想得心头多烦闷!

娇小玲珑多好看,
小辫儿如同羊角般。
不久若能见上面,
宛如戴上成人冠。

【注释】

[1]无田,不要耕种。甫田,大田。

[2]莠(yǒu友),杂草。骄骄,挺拔。

[3]忉忉(dāo刀),忧伤劳苦。

[4]桀桀(jié节),高高。

[5]怛(dá答)怛,忧伤状。

[6]婉、娈(luán峦),美好。

[7]总角,儿童所扎羊角辫。丱(guàn贯),羊角状。

[8]弁(biàn变),帽子。男二十而冠,表明已经成人。

卢　令

【导读】

　　这首诗赞美猎人英俊、善良、勇敢无比。

【评介】

　　"《卢令》,刺荒也。襄公好田猎,毕弋而不修民事,百姓苦之,故陈古以风焉。"(《毛诗序》)

　　"此诗与公无涉,亦无所谓'陈古以风'意。盖游猎自是齐俗所尚,诗人即所见以咏之,词若欢美,意实讽刺,与《还》略同。"(方玉润《诗经原始》)

　　"《卢令》,亦咏猎人之歌。与《还》篇同。所不同者,彼二人并驱出猎,此一人携犬出猎。又诗远写此人仪容,卷发美髯,具有威严,似较彼诗二人年长位尊耳。"(陈子展《诗经直解》)

【原诗】　　　　　　【译诗】

卢令令[1]，　　　　　黑狗子颈环响叮当，

其人美且仁。　　　　那人儿漂亮好心肠。

卢重环[2]，　　　　　黑狗子头颈环套环，

其人美且鬈[3]。　　　那人儿漂亮又剽悍。

卢重鋂[4]，　　　　　黑狗子头颈套双环，

其人美且偲[5]。　　　那人儿漂亮多才干。

【注释】

[1]卢，猎狗。令令，狗颈悬铃的响声。

[2]重环，子母环，大环套小环。

[3]鬈（quán全），勇壮。

[4]重鋂（méi梅），一环套二环。

[5]偲（cāi猜），才，才干。

敝　笱

【导读】

　　这首诗讽刺鲁桓公不能约束其妻文姜与齐襄公私会；也有认为是讽刺鲁庄公不能节制其母文姜与齐襄公私通。

【评介】

　　"《敝笱》，刺文姜也。齐人恶鲁桓公微弱，使之淫乱，为二国患焉。"（《毛诗序》）

"齐人以敝笱不能制大鱼，比鲁庄公不能防闲文姜，故归齐而从之者众也。""按《春秋》，鲁庄公二年，夫人姜氏会齐侯于禚。四年，夫人姜氏享齐侯于祝丘。五年，夫人姜氏如齐师。七年，夫人姜氏会齐侯于防。又会齐侯于穀。"（朱熹《诗集传》）

"《敝笱》，刺文姜淫乱，其夫鲁桓公微弱不能防闲之诗。"（陈子展《诗经直解》）

"这是齐人讽刺鲁庄公不能制止母亲文姜，让她回齐和襄公相会的诗。"（程俊英《诗经译注》）

【原诗】　　　　【译诗】

敝笱在梁[1]，　　破鱼篓放在鱼梁中，
其鱼鲂鳏[2]。　　鳊鱼鲲鱼好从容。
齐子归止[3]，　　文姜回到齐国来，
其从如云。　　　人多如云是随从。

敝笱在梁，　　　破鱼篓搁在鱼梁中，
其鱼鲂鱮[4]。　　鳊鱼鲢鱼好从容。
齐子归止，　　　文姜回到齐国来，
其从如雨。　　　人多如雨是随从。

敝笱在梁，　　　破鱼篓挡在鱼梁中，
其鱼唯唯[5]。　　鱼儿进出乐无穷。
齐子归止，　　　文姜回到齐国来，
其从如水。　　　人多如水是随从。

【注释】

[1]敝笱（gǒu狗），破鱼篓。梁，拦鱼坝。
[2]鲂（fáng房）鳏（guān关），鳊鱼、鲲鱼。

[3]齐子,指文姜。她带着大批人马,回齐国与襄公欢会。文姜之子鲁庄公很难制止老娘之行。

[4]鱮(xù序),鲢鱼。

[5]唯唯,鱼儿自由来往、任意遨游的样子。

载　驱

【导读】

　　这首诗写齐襄公要把小女儿哀姜嫁给鲁庄公,可是哀姜迟迟不肯出嫁。据说是哀姜要求鲁庄公答应"远媵妾"的要求才肯动身。也有说是文姜公然驱车前往与襄公私会。

【评介】

　　"《载驱》,齐人刺襄公也。无礼义,故盛其车服,疾驱于通道大都,与文姜淫,播其恶于万民焉。"(《毛诗序》)

　　"齐人刺文姜乘此车而来会襄公也。"(朱熹《诗集传》)

　　"《载驱》,刺文姜如齐无忌。"(方玉润《诗经原始》)

　　"《载驱》,齐人为刺襄公文姜兄弟,公然驱车通道大都,相会淫乱而作。"(陈子展《诗经直解》)

　　"这是一首写齐女嫁鲁的诗。齐襄公的小女儿哀姜嫁给鲁庄公,哀姜在途中迟迟不入鲁境,一定要鲁庄公答应她'远媵妾'的条件才去。"(程俊英《诗经译注》)

【原诗】　　　　　　【译诗】

载驱薄薄[1]，　　　　车儿奔驰啪啪响，
簟笰朱鞹[2]。　　　　竹簾红盖好风光。
鲁道有荡，　　　　　齐鲁大道坦荡荡，
齐子发夕[3]。　　　　文姜发车天始亮。

四骊济济[4]，　　　　四匹青马多雄壮，
垂辔沵沵[5]。　　　　柔顺缰绳搭肩上。
鲁道有荡，　　　　　齐鲁大道坦荡荡，
齐子岂弟[6]。　　　　文姜发车天才亮。

汶水汤汤[7]，　　　　汶河流水哗哗响，
行人彭彭[8]。　　　　路上行人如潮涨。
鲁道有荡，　　　　　齐鲁大道坦荡荡，
齐子翱翔[9]。　　　　文姜在此闲游逛。

汶水滔滔，　　　　　汶水涨起滔滔浪，
行人儦儦[10]。　　　 路上行人来往忙。
鲁道有荡，　　　　　齐鲁大道坦荡荡，
齐子游敖。　　　　　文姜在此胡冲撞。

【注释】

[1]驱，驱车。薄薄，车轮声。
[2]簟（diàn店），竹簾。笰（fú扶），车后门。鞹（kuò扩），车盖。
[3]齐子，指齐襄公的女儿文姜，她嫁给鲁桓公。发夕，天将明而日未出。
[4]骊（lí离），黑马。济济，美好状。
[5]沵（nǐ你）沵，柔和状。
[6]岂（kǎi凯）弟，高兴。

[7]汶水，流经齐、鲁两国。汤（shāng伤）汤，浩浩汤汤。
[8]彭彭，人多貌。
[9]翱翔，游逛。
[10]儦（biāo标）儦，来往众多貌。

猗 嗟

【导读】

这首诗赞美一位高大英俊，技艺高超的神射手；也有认为赞美的就是鲁庄公。

【评介】

"《猗嗟》，刺鲁庄公也。齐人伤鲁庄公有威仪技艺，然而不能以礼防闲其母，失子之道。人以为齐侯之子焉。"（《毛诗序》）

"齐人极道鲁庄公威仪技艺之美如此，所以刺其不能以礼防闲其母，若曰惜乎其独少此耳。"（朱熹《诗集传》）

"愚于是诗，不以为刺而以为美，非好立异，原诗人作诗本意盖如是耳。""《猗嗟》，美鲁庄公材艺之美也。"（方玉润《诗经原始》）

"《猗嗟》，齐人描写鲁庄公仪容之美，射意之巧而作。"（陈子展《诗经直解》）

【原诗】	【译诗】
猗嗟昌兮[1]，	生来勇武强壮，
颀而长兮[2]。	个子又高又长。
抑若扬兮[3]，	脸儿额头端方，

美目扬兮[4]。	眼儿美丽飞扬。
巧趋跄兮[5],	行路步态矫健,
射则臧兮[6]。	射箭技艺高强。
猗嗟名兮[7],	长得精神漂亮,
美目清兮。	眸子明朗清亮。
仪既成兮[8],	仪式既已举行,
终日射侯[9],	整天举弓射箭,
不出正兮[10],	箭箭射在中央,
展我甥兮[11]。	看我外甥真棒。
猗嗟娈兮,	长得美貌健壮,
清扬婉兮[12]。	眼儿俊逸飞扬。
舞则选兮[13],	舞姿百里挑一,
射则贯兮[14]。	箭箭穿靶中央,
四矢反兮[15],	四箭都在一点,
以御乱兮[16]。	抵御外患不慌。

【注释】

[1]猗（yī衣）嗟，感叹词。昌，昌盛。

[2]颀（qí奇），身材高挑颀长。

[3]抑，美色。扬，额头。

[4]扬，眼睛睁大貌。

[5]趋跄（qiàng呛），步伐、姿态敏捷快当。

[6]臧，善，熟练。

[7]名，明，昌盛。

[8]仪，射箭前表演各种射法的仪式。成，完成，结束。

[9]侯，布靶。

[10]正,靶中央。

[11]展,确实。甥,指鲁庄公。

[12]清扬婉兮,眉清目朗。

[13]选,整齐。

[14]贯,穿透。

[15]反,反复射中中心。

[16]御乱,抵御外患。

国风·魏风

葛　屦

【导读】

　　这首诗写底层的妇女在寒冬腊月只能穿着草鞋单衣，却忙于为"大人们"缝制精美的新衣。"好人提提"是反语，讽刺贵族们不劳而获，作威作福，真是可恶之极！

【评介】

　　"《葛屦》，刺褊也。魏地狭隘，其民机巧趋利，其君俭啬褊急，而无德以将之。"（《毛诗序》）

　　"魏地狭隘，其俗俭啬而褊急，故以葛屦、履霜起兴，而刺其使女缝裳，又使治其要襋而遂服之也。此诗疑即缝裳之女所作。"（朱熹《诗集传》）

　　"《葛屦》，最古之一篇缝衣曲。寄予缝裳女子以无限之同情，盖民间诗人所作，采自歌谣。"（陈子展《诗经直解》）

　　"这是刺'褊心'的诗。诗中'缝裳'的女子似是婢妾，'好人'似是嫡妻。妾请嫡试新装，嫡扭转腰身，戴她的象牙搔头，故意不加理睬。"（余冠英《诗经选译》）

　　"这是一位缝衣女奴讽刺所谓'好人'的诗。诗仅两章，塑造了两个阶级对立的形象：一个是受冻、挨饿、疲弱的缝衣女形象，一个是衣饰华贵、态度傲慢、心胸狭窄的贵族妇女形象。"（程俊英《诗经译注》）

【原诗】　　　　　【译诗】

纠纠葛屦[1]，　　　葛鞋带儿打结长，
可以履霜[2]。　　　穿它可以踏雪霜。
掺掺女手[3]，　　　女儿十指纤纤细，

可以缝裳。	巧手可以缝衣裳。
要之襋之[4],	腰带领口都缝好,
好人服之[5]。	恭请夫人试新装。
好人提提[6],	夫人徐行态安详,
宛然左辟[7]。	扭腰斜身避一旁。
佩其象揥[8],	象牙簪子插头上,
维是褊心[9]。	心地狭窄鸡肚肠。
是以为刺。	嘲笑讥讽理应当。

【注释】

[1]纠纠,纠缠交杂。葛屦(jù据),粗布鞋。

[2]履(lǚ吕),踩。

[3]掺掺(shān山),纤纤,灵巧瘦弱。

[4]要,腰带。襋(jí急),衣领。

[5]好人,指夫人。服,穿上。

[6]提提,媞媞,安详美好。

[7]左辟,左避。宛然,扭腰回身。

[8]象揥(tì替),象牙簪。

[9]褊(biǎn扁)心,心地褊狭。

汾沮洳

【导读】

这是一首少女赞美心上人的诗。少女爱上了那个在汾水边辛勤劳动的小伙子,他像花一样美好,像玉一样无瑕,即使是公卿贵族家的公子也比不上他。这个少女更值得赞美,她心明如镜,闪烁着金子般的光芒。

【评介】

"《汾沮洳》,刺俭也。其君俭以能勤,刺不得礼也。"(《毛诗序》)

"此亦刺俭不中礼之诗。言若此人者,美则美矣,然其俭啬褊急之态,殊不似贵人也。"(朱熹《诗集传》)

"《汾沮洳》,言采莫、采桑、采藚一类之劳动人民具有美材,殊异于公路、公行、公族一类之贵族世禄子弟。"(陈子展《诗经直解》)

"这是一首赞美劳动人民才德的诗。春秋时代,劳动人民地位极低,有的仍旧当农奴。"(程俊英《诗经译注》)

【原诗】

彼汾沮洳[1],
言采其莫[2]。
彼其之子,
美无度。
美无度,
殊异乎公路[3]。

彼汾一方,
言采其桑。
彼其之子,
美如英。
美如英,
殊异乎公行[4]。

彼汾一曲[5],
言采其藚[6]。

【译诗】

汾水之滨洼地上,
采摘嫩莫水汪汪。
且看那位采莫人,
美得无法来度量。
美得无法来度量,
公车官儿隔天壤。

汾水那边斜坡上,
有位姑娘在采桑。
且看那位采桑人,
美得就像花一样。
美得就像花一样,
兵车官儿隔天壤。

汾水那边河湾里,
采摘泽泻快又忙。

彼其之子，	且看那位采泻人，
美如玉。	美得就像玉一样。
美如玉，	美得就像玉一样，
殊异乎公族[7]。	公族官儿隔天壤。

【注释】

[1]汾（fén焚），汾水，从山西中部入黄河。沮（jù具）洳（rù入），低湿浸水之地。

[2]莫，野菜。

[3]公路，管路车的官。

[4]公行，掌管兵车之官。

[5]曲，弯曲处。

[6]藚（xù序），泽泻，可入药。

[7]公族，管理宗族之官。

园有桃

【导读】

　　这首诗描写一个穷困潦倒的贵族，受人讥讽，满腔怨愤，无处可诉。

【评介】

　　"《园有桃》，刺时也。大夫忧其君，国小而迫，而俭以啬，不能用其民，而无德教，日以侵削，故作是诗也。"（《毛诗序》）

　　"诗人忧其国小而无政，故作是诗。"（朱熹《诗集传》）

　　"《园有桃》，一傲慢躁进之大夫，好议论当世，而遭遇挫折，忧谗畏讥，心灰意懒，而作是诗。"（陈子展《诗经直解》）

"这是一首没落贵族忧贫畏讥的诗。""他讥刺时政,不满现实。人家批评他骄傲反常,自以为是。他反说人家不了解他。他精神上痛苦异常,只有用丢开一切,什么都不想的办法来安慰自己。"(程俊英《诗经译注》)

【原诗】
园有桃,
其实之肴[1]。
心之忧矣,
我歌且谣。
不知我者,
谓我士也骄[2]。
"彼人是哉,
子曰何其?"
心之忧矣,
其谁知之?
其谁知之,
盖亦勿思!

园有棘,
其实之食。
心之忧矣,
聊以行国[3]。
不知我者,
谓我士也罔极[4]。
"彼人是哉,
子曰何其?"
心之忧矣,

【译诗】
园中有棵桃树长,
枝头桃子充饥肠。
满心忧患无尽量,
我且把那歌谣唱。
旁人并不理解我,
反而说我太骄狂:
"这人真是神经病,
你们看他怎么样?"
我的心头真忧伤,
有谁了解我衷肠?
有谁了解我衷肠?
他们全都无思想!

园中有棵枣树大,
枝头枣子填饥肠。
满心忧患衷情伤,
国中销愁去游逛。
旁人并不理解我,
反而说我理不当:
"这人真是神经病,
你们看他怎么样?"
我的心头真忧伤,

其谁知之？	有谁了解我衷肠？
其谁知之，	有谁了解我衷肠？
盖亦勿思！	他们全都无主张！

【注释】

[1]肴，好吃。
[2]士，知识分子与小官僚的总称。这里指作者本人。
[3]行国，在国中出行、游历。
[4]罔（wǎng网）极，无常，丧失中正之心。

陟　岵

【导读】

　　这首诗描写征夫常年在外服役，思念家乡，登高望远，并幻想父母兄弟殷殷叮嘱的场景，其情哀怨感人。

【评介】

　　"《陟岵》，孝子之行役，思念父母也。国迫而数侵削，役乎大国，父母兄弟离散，而作是诗也。"（《毛诗序》）

　　"孝子行役不忘其亲，故登山以望其父之所在。因想像其父念己之言……"（朱熹《诗集传》）

　　"《陟岵》，行役之少子思念父母之诗。"（陈子展《诗经直解》）

　　"这是一位征人思家的诗。诗人不直接写征人思家，却写征人想象家人对他挂念叮嘱，比直述法更为动人。"（程俊英《诗经译注》）

【原诗】

陟彼岵兮[1],
望父兮。
父曰:
"嗟!予子行役,
夙夜无已[2]。
上慎旃哉[3]!
犹来无止[4]。"

陟彼屺兮[5],
瞻望母兮。
母曰:
"嗟!予季行役[6],
夙夜无寐。
上慎旃哉!
犹来无弃。"

陟彼冈兮,
瞻望兄兮。
兄曰:
"嗟!予弟行役,
夙夜必偕[7]。
上慎旃哉!
犹来无死。"

【译诗】

登上秃秃山岗,
把我父亲遥望。
好似聆听父言:
"我子外地劳役,
早晚辛劳太忙!
千万谨慎保重,
万勿久留他乡!"

登上青青山岗,
把我母亲遥望。
好似聆听母言:
"我儿外地劳役,
日夜不睡奔忙!
千万当心健康,
早归勿忘爹娘!"

登上高高山岗,
把我兄长遥望。
好似聆听兄言:
"我弟外地劳役,
早晚与人同忙。
千万注意休息,
切莫抛尸外乡!"

【注释】

[1]陟（zhì至），登。岵（hù户），无草无木之山。

[2]夙（sù速）夜，早晚。已，停止。

[3]上，尚，注意。慎，谨慎。旃（zhēn真），之焉合音。

[4]犹来，还是归来吧。无止，莫停留。

[5]屺（qǐ起），无草木之山。

[6]季，小儿子。

[7]偕，一样（劳累）。

十亩之间

【导读】

　　这首诗写采桑女子结束一天的劳作，呼朋引伴，一同归去。诗歌短小明快，充满一种简单纯净的愉悦感，令人想起"竹喧归浣女，莲动下渔舟"的意境。

【评介】

　　"《十亩之间》，刺时也。言其国小，民无所居焉。"（《毛诗序》）

　　"政乱国危，贤者不乐仕于朝，而思与其友归于农圃，故其辞如此。"（朱熹《诗集传》）

　　"《十亩之间》，夫妇偕隐也。""盖隐者必挈偕往，不必定招朋类也。贤者既择地偕隐，则当指桑茂密处，妇女之勤于蚕事者相为邻里，然后能妥其室家，以成一代淳风。"（方玉润《诗经原始》）

　　"十亩之外，采桑者之歌。妇女采桑，且劳且歌，自是《韩说》'劳者歌其事'之一例。采自歌谣，于以见其热爱劳动与乐群生活之

外,实无深意。"(陈子展《诗经直解》)

"这是采桑者劳动将结束时呼伴同归的歌唱。"(余冠英《诗经选译》)

"一群采桑女子,在辛勤紧张的劳动后,轻松悠闲,三五成群,结伴同归途中所唱的歌。"(程俊英《诗经译注》)

【原诗】　　　　　　【译诗】
十亩之间兮,　　　　十亩之间好桑园,
桑者闲闲兮[1]。　　　男女采桑肩并肩。
行,与子还兮。　　　"走吧,咱俩把家还!"

十亩之外兮,　　　　十亩之外好桑林,
桑者泄泄兮[2]。　　　男女成群笑语殷。
行,与子逝兮[3]。　　"走吧,咱俩结伴行!"

【注释】
[1]闲闲,男男女女、结伴往来状。
[2]泄泄(yì义),人多、话多。
[3]逝,归去

伐　檀

【导读】

这首诗写被压迫者的怒吼。伐木者终日劳动,苦不堪言,而上层统治者却不劳而获,贪得无厌,占有了所有的劳动成果。在重章叠唱中,我们可以感受到底层劳动者的痛苦和愤怒。

【评介】

"《伐檀》，刺贪也。在位贪鄙，无功而受禄，君子不得进仕尔。"（《毛诗序》）

"诗人言有人于此，用力伐檀，将以为车而行陆也。今乃置之河干，则河水清涟而无所用，虽欲自食其力而不可得矣。然其志则自以为不耕，则不可以得禾，不猎，则不可以得兽，是以甘心穷饿而不悔也。诗人述其事而叹之，以为是真能不空食者。后世若徐之流，'非其力不食，其厉志盖如此。'"（朱熹《诗集传》）

"《伐檀》，伤君子不见用于时，而又耻受无功禄也。"（方玉润《诗经原始》）

"《伐檀》，伐木者之歌。此亦《韩说》'劳者歌其事'之一例。伐木者诗人刺贪、刺剥削阶级之君子，非自称君子，更非美彼君子不素餐也。"（陈子展《诗经直解》）

"这是一首魏国劳动人民讽刺剥削阶级不劳而获的诗。"（程俊英《诗经译注》）

【原诗】	【译诗】
坎坎伐檀兮，	"坎坎"把那檀树砍，
置之河之干兮[1]，	砍倒放置在河岸，
河水清且涟猗[2]。	河水清清波浪宽。
不稼不穑[3]，	你不种田不收割，
胡取禾三百廛兮[4]？	为何粮库三百间？
不狩不猎，	你不狩兽不打猎，
胡瞻尔庭有县貆兮[5]？	为何庭院挂猪獾？
彼君子兮，	你们这些老爷们，
不素餐兮[6]？	可不是白白吃闲饭？
坎坎伐辐兮[7]，	"坎坎"把那车轮砍，

置之河之侧兮，	砍下放置在河边，
河水清且直猗[8]。	河水清清波浪漫。
不稼不穑，	你不种田不收割，
胡取禾三百亿兮？	为何稻捆三百万？
不狩不猎，	你不狩兽不打猎，
胡瞻尔庭有县特兮[9]？	为何大兽挂你院？
彼君子兮，	你们这些老爷们，
不素食兮？	可不是白白吃闲饭？
坎坎伐轮兮，	"坎坎"把那车轮砍，
置之河之漘兮，	砍完放置在河畔，
河水清且沦猗。	河水清清波纹卷。
不稼不穑，	你不种田不收割，
胡取禾三百囷兮？	为何粮库三百间？
不狩不猎，	你不狩兽不打猎，
胡瞻尔庭有县鹑兮？	为何鹌鹑挂你院？
彼君子兮，	你们这些老爷们，
不素飧兮[10]？	全都是白白吃闲饭！

【注释】

[1] 干，河岸。

[2] 涟（lián连），大波。猗（yī衣），语助词。

[3] 稼，种植。穑（sè色），收获。

[4] 廛（chán蝉），农民居所，这里指粮仓。

[5] 县貆（huán还），悬挂着的猪獾。

[6] 素餐，白吃饭。

[7] 辐，车轮上辐条。

[8] 直，直波。

[9]特，四岁大兽。

[10]飧（sūn孙），熟食。

硕　鼠

【导读】

这首诗将上层统治者比作大老鼠，控诉他们的贪得无厌。百姓们不堪忍受剥削，发誓要离开这里，去寻找没有痛苦的"世外桃源"。

【评介】

"《硕鼠》，刺重敛也。国人刺其君重敛蚕食于民，不修其政，贪而畏人，若大鼠也。"（《毛诗序》）

"民困于贪残之政，故托言大鼠害己而去之也。"（朱熹《诗集传》）

"《硕鼠》，刺重敛，即刺剥削无厌之诗。""此诗盖为新兴之贵族地主阶级、或少数占有私田之自由农民，为反对国君履亩之税而作乎？抑此新兴地主苛向佃农按亩收租，而农民有此呼吁之作也？"（陈子展《诗经直解》）

"这首诗写农民不堪统治者的残酷剥削，幻想美好的社会。"（程俊英《诗经译注》）

【原诗】	【译诗】
硕鼠硕鼠，	大田鼠呀大田鼠，
无食我黍！	可别再吃我的黍。
三岁贯女[1]，	三年殷勤养活你，
莫我肯顾。	你却不把我照顾。

逝将去女[2]，	发下誓言离开你，
适彼乐土[3]。	去到那方快乐地。
乐土乐土，	快乐地啊快乐地，
爰得我所。	是我安居乐业处。

硕鼠硕鼠，	大田鼠呀大田鼠，
无食我麦！	可别再吃我麦粒。
三岁贯女，	三年殷勤养活你，
莫我肯德。	你却不把我感激。
逝将去女，	发下誓言离开你，
适彼乐国。	去到那方乐国里，
乐国乐国，	乐国里呀乐国里，
爰得我直。	那里值得我安居。

硕鼠硕鼠，	大田鼠呀大田鼠，
无食我苗！	不要再吃我的苗！
三岁贯女，	三年殷勤养活你，
莫我肯劳。	你却不把我慰劳。
逝将去女，	发下誓言离开你，
适彼乐郊。	去到那方安乐郊。
乐郊乐郊，	安乐郊啊安乐郊，
谁之永号。	到那不会再哭嚎！

【注释】

[1]贯女，养活你。女，同"汝"，你。

[2]逝，誓，立下决心。

[3]适，往。乐土、乐国、乐郊，皆指诗人心中的安乐国、幸福地。

国风·唐风

蟋　蟀

【导读】

　　这首诗写贵族或官吏在岁末时的矛盾心情，一方面觉得时光易逝，应及时行乐；另一方面又觉得要忠于职守，做一个贤士。

【评介】

　　"《蟋蟀》，刺晋僖公也。俭不中礼，故作是诗以闵之，欲其及时以礼自虞乐也。此晋也，而谓之唐，本其风俗，忧深思远，俭而用礼，乃有尧之遗风焉。"（《毛诗序》）

　　"唐俗勤俭，故其民间终岁劳苦，不敢少休。及其岁晚务闲之时，乃敢相与燕饮为乐。而言今蟋蟀在堂，而岁忽已晚矣。""盖亦顾念其职之所居者，使其虽好乐而无荒，若彼良士之长虑而却顾焉，则可以不至于危亡也。盖其民俗之厚，而前圣遗风之远如此。"（朱熹《诗集传》）

　　"《蟋蟀》，唐人岁暮述怀也。"（方玉润《诗经原始》）

　　"《蟋蟀》盖士大夫忧深思远，相乐相警，勉为良士之诗。"（陈子展《诗经直解》）

　　"这是一首岁暮述怀的诗。作者可能是一位'士'，带有光阴易逝、及时行乐的思想。但他并不是一味沉湎、堕落的贵族，还想到自己的职责，关心国家大事，表示要虚心向'好乐无荒'的'良士'学习。"（程俊英《诗经译注》）

【原诗】	【译诗】
蟋蟀在堂，	蟋蟀躲进房中，
岁聿其莫[1]。	一年又将告终。
今我不乐，	我不及时行乐，
日月其除[2]。	日月光阴有穷。

无已大康[3],	不宜娱乐过度,
职思其居[4]。	工作不能放松。
好乐无荒[5],	"享乐劳作两不误,"
良士瞿瞿[6]。	贤人格言记心中。

蟋蟀在堂,	蟋蟀躲进房内,
岁聿其逝。	一年又将收尾。
今我不乐,	我不及时行乐,
日月其迈。	日月光阴紧催。
无已大康,	不宜娱乐过度,
职思其外[7]。	份外工作莫辞退。
好乐无荒,	"享乐工作两不误,"
良士蹶蹶[8]。	贤者勤勉要追随。

蟋蟀在堂,	蟋蟀躲进房里,
役车其休[9]。	出差车将休息。
今我不乐,	我不及时行乐,
日月其慆[10]。	日月光阴逝去疾。
无已大康,	不宜娱乐过度,
职思其忧。	职守必须铭记。
好乐无荒,	"享乐做事两不误,"
良士休休[11]。	贤良奉公要努力。

【注释】

[1]聿（yù玉），遂，于是。莫，晚，指一年快结束。

[2]除，去掉。

[3]已，甚，太；大康，安乐，耽乐，过于欢乐。

[4]职，尚须。居，所承担的工作与职位。

[5]荒，荒废。

[6]瞿（jù句）瞿，左右看，机警状。

[7]外，分外之事。

[8]蹶蹶，勤勉、敏捷。

[9]役车，服役之车。其休，休息，归来。

[10]慆（tāo滔），逝去。

[11]休休，奉公乐道之心。

山有枢

【导读】

　　这首诗写贵族及时行乐的生活态度。也有认为是百姓讽刺贵族贪财而用。

【评介】

　　"《山有枢》，刺晋昭公也。不能修道以正其国，有财不能用，有钟鼓不能以自乐，有朝廷不能洒帚，政荒民散，将以危亡，四邻谋取其国而不知，国人作诗以刺之也。"（《毛诗序》）

　　"此诗盖亦答前篇之意而解其忧，……盖言不可不及时为乐，然其忧愈深而意愈蹙矣。"（朱熹《诗集传》）

　　"时君将亡，必望其急早修改，以收拾人心为主，岂有劝其及时行乐，自速死亡乎？""《山有枢》，刺唐人俭不中礼也。"（方玉润《诗经原始》）

　　"《山有枢》，盖写行将没落之奴隶主贵族颓废自放之诗。"（陈子展《诗经直解》）

　　"这是一首讥讽嘲笑守财奴的诗。"（程俊英《诗经译注》）

【原诗】
山有枢[1],
隰有榆。
子有衣裳,
弗曳弗娄[2]。
子有车马,
弗驰弗驱。
宛其死矣[3],
他人是愉[4]。

山有栲,
隰有杻。
子有廷内,
弗洒弗扫。
子有钟鼓,
弗鼓弗考[5]。
宛其死矣,
他人是保[6]。

山有漆,
隰有栗。
子有酒食,
何不日鼓瑟[7]?
且以喜乐,
且以永日[8]。
宛其死矣,
他人入室。

【译诗】
山上长着枢树,
洼地长着白榆。
你虽多衣多裳,
但常不穿不顾。
你虽有车有马,
但不乘坐驰驱。
有朝一日死去,
他人却来享福。

高山长着栲树,
低地长着杻树。
你虽拥有庭堂,
但不整理扫除。
你虽有钟有鼓,
但不敲打歌呼。
有朝一日过世,
他人却来占据。

山顶长着漆树,
谷地长着栗树。
你有美酒佳肴,
何不鼓瑟享受?
享受幸福快乐,
日子畅然欢度。
有朝一日亡故,
他人入室居住。

国风·唐风

【注释】

[1]山有枢（shū书），高山上长着刺榆。

[2]曳（yè夜）、娄，穿戴。

[3]宛，枯萎。

[4]愉，享受。是，指代诸般好处。

[5]鼓、考，敲击、擂打。

[6]保，享有。

[7]日，每日，每天。

[8]永日，终日，延长时辰。

扬之水

【导读】

  这首诗讽刺晋昭公的懦弱无能。晋昭公封其叔父于曲沃，称桓叔。曲沃日益强大，与晋昭公争夺王权。而晋国在晋昭公的治理下却日渐衰微，人心离散。这首诗写昭公的臣民欣然前往投靠桓叔，并为其野心保密。

【评介】

  "《扬之水》，刺晋昭公也。昭公分国以封沃。沃盛强，昭公微弱，国人将叛而归沃焉。"（《毛诗序》）

  "晋昭侯封其叔父成师于曲沃，是为桓叔。其后沃盛强而晋微弱，国人将叛而归之，故作此诗。言水缓弱而石赡岩，以比晋衰而沃盛，故欲以诸侯之服，从桓叔于曲沃，且自喜其见君子而无不乐也。"——朱熹《诗集传》）

  "《扬之水》，讽昭公以备曲沃也。"（方玉润《诗经原始》）

  "《扬之水》，揭露桓叔既得封于曲沃，而阴谋叛乱之作。诗人既

叛从桓叔，又欲以危言耸动昭公，故作首鼠两端之词。"（陈子展《诗经直解》）

"这是一首揭发、告密晋大夫潘父和曲沃桓叔勾结搞政变阴谋的诗。"（程俊英《诗经译注》）

【原诗】	【译诗】
扬之水[1]，	水儿清清慢悠悠，
白石凿凿[2]。	水底白石滑溜溜。
素衣朱襮[3]，	素色衣衫朱红领，
从子于沃[4]。	一路跟你沃城走。
既见君子，	既然看到心上人，
云何不乐？	怎不令我喜心头？
扬之水，	水儿清清慢悠悠，
白石皓皓。	水底白石光溜溜。
素衣朱绣，	白衫红领彩线绣，
从子于鹄[5]。	一路随你鹄城走。
既见君子，	既然看到心上人，
云何其忧？	还有什么忧和愁？
扬之水，	水儿清清慢悠悠，
白石粼粼[6]。	水底白石清悠悠。
我闻有命，	一定牢记你叮嘱，
不敢以告人[7]。	不把真情去透露。

【注释】
[1]扬之水，悠缓而浅的水流。
[2]凿凿，鲜明。

[3]素衣，白内衣。朱襮（bó伯），红衣领。

[4]从，跟从。沃，曲沃，今山东闻喜县东。

[5]鹄（gǔ古），皋、曲沃。

[6]粼粼，清彻透明。

[7]以，把"有命"、将命令如何办。告人，告诉别人。本诗题旨一说是情歌，一说是透露晋大夫潘父和曲沃策划政变的诗。

椒　聊

【导读】

这首诗赞美君王子孙众多而贤能，也有说赞美妇女健硕多子。

【评介】

"《椒聊》，刺晋昭公也。君子见沃之强盛，能修其政，知其藩衍盛大，子孙将有晋国焉。"（《毛诗序》）

"《椒聊》，忧沃盛而晋微也。"（方玉润《诗经原始》）

"《椒聊》，诗人以椒聊之蕃衍喻桓叔之盛强，国大而得众。"（陈子展《诗经直解》）

"这是一首赞美妇女多子的诗。椒多子，所以，汉朝人用椒房这名词称皇后住的房屋，取其多子吉祥之意。"（程俊英《诗经译注》）

【原诗】	【译诗】
椒聊之实[1]，	花椒结子盛繁，
蕃衍盈升[2]。	大升小升盈坛。
彼其之子，	且看那位妇女，
硕大无朋[3]。	体形高大又丰满。

椒聊且，	花椒一串串，
远条且[4]。	香气传得远。
椒聊之实，	花椒结子盛繁，
蕃衍盈匊[5]。	大把小把捧满。
彼其之子，	且看那位妇女，
硕大且笃[6]。	体态硕壮又丰瞻。
椒聊且，	花椒一串串，
远条且。	香气传得远。

【注释】

[1]椒，花椒。聊，一串串。实，果实。

[2]蕃衍，繁盛。盈，满。

[3]之子，指多子之胖妇人。无朋，无比。

[4]条，修长。远条，传播广远。

[5]匊，两手相捧。

[6]笃，厚实肥壮。

绸　缪

【导读】

这首诗写新婚夫妻的第一次见面，新郎英俊，新娘美丽，两人庆幸不已。也有说青年男女邂逅，一见钟情，彼此赞美。

【评介】

"《绸缪》，刺晋乱也。国乱则婚姻不得其时也。"（《毛诗序》）

"国乱民贫,男女有失其时而后得遂其婚姻之礼者。诗人叙其妇语夫之辞……喜之甚而自庆之辞也。"(朱熹《诗集传》)

"此贺新昏诗耳。"(方玉润《诗经原始》)

"《绸缪》,盖戏弄新夫妇通用之歌。此后世闹新房歌曲之祖。"(陈子展《诗经直解》)

"这是一首祝贺新婚的诗。它和一般贺新婚诗有些不同,带有戏谑、开玩笑的味道;大约是民间闹新房的口头歌唱。"(程俊英《诗经译注》)

【原诗】　　　　【译诗】
绸缪束薪[1],　　捆捆木柴紧缠裹,
三星在天[2]。　　天上参星在闪烁。
今夕何夕?　　　今夜是甚好日子,
见此良人。　　　得见美人喜心窝。
子兮子兮!　　　好人儿啊妙人儿,
如此良人何!　　让我把你怎奈何?

绸缪束刍[3],　　捆捆野草紧缠裹,
三星在隅[4]。　　参星已经在角落。
今夕何夕?　　　今夜是甚好日子,
见此邂逅[5]。　　得与美人相聚合。
子兮子兮!　　　好人儿啊妙人儿,
如此邂逅何?　　神仙聚合怎样过?

绸缪束楚[6],　　捆捆荆条紧缠裹,
三星在户[7]。　　门前参星在闪烁。
今夕何夕?　　　今夜是甚好日子,
见此粲者[8]。　　得见美女醉心窝。

子兮子兮！　　好人儿啊妙人儿，
如此粲者何！　美貌鲜亮奈你何？

【注释】

[1]绸缪（móu谋），缠绵。束薪，捆好的木柴。束薪、束刍、束楚都与男女结合、结婚喜庆密切相关，成为结婚象征之一。
[2]三星，参星。
[3]刍（chú除），草料。
[4]隅（yú鱼），指东南方。
[5]邂逅（xiè hòu 谢后），会合，欢悦。
[6]楚，荆条。
[7]户，南门。参星至南面，已经半夜了。
[8]粲（càn灿）者，指美人。

杕　杜

【导读】

这首诗写百姓流离失所的痛苦生活，他们漂泊异乡，孤独无依，得不到别人的同情和帮助。

【评介】

"《杕杜》，刺时也。君不能亲其宗族，骨肉离散，独居而无兄弟，将为沃所并尔。"（《毛诗序》）

"此无兄弟者，自伤其孤诗，而求助于人之辞。"（朱熹《诗集传》）

"《杕杜》，自伤兄弟失好而无助也。"（方玉润《诗经原始》）

"《杕杜》，乞食者之歌。"（陈子展《诗经直解》）

"这是一个孤独的流浪者求助不得的感伤事。"（程俊英《诗经译注》）

【原诗】	【译诗】
有杕之杜[1]，	一棵杜梨虽孤单，
其叶湑湑[2]。	还有枝茂叶儿繁。
独行踽踽[3]，	独自走路多寂寞，
岂无他人？	难道无人来相伴？
不如我同父[4]。	他人不如兄弟欢。
嗟行之人，	叹息来往陌路人，
胡不比焉[5]？	何不同行肩并肩？
人无兄弟，	一个人若无兄弟，
胡不佽焉[6]？	何不互助相爱怜？
有杕之杜，	一棵杜梨虽冷清，
其叶菁菁[7]。	还有枝繁叶儿青。
独行睘睘[8]，	独自走路孤零零，
岂无他人？	难道无人来同行？
不如我同姓[9]。	他人哪有兄弟亲。
嗟行之人，	叹息来往陌路人，
胡不比焉？	何不并肩赶路程？
人无兄弟，	一个人若无兄弟，
胡不佽焉？	何不互助度红尘？

【注释】

[1]杕（dì第），孤单。杜，杜梨。

[2]湑（xǔ许）湑，茂盛。

[3]踽（jǔ举）踽，无亲孤单状。

[4]同父，指兄弟。
[5]比，比肩同行，有相互扶助之意。
[6]佽（cì次），帮助，资助。
[7]菁（jīng精）菁，繁盛。
[8]睘（qióng穷）睘，茕茕，孤独无依。
[9]同姓，同母所生兄弟。

羔 裘

【导读】

这首诗写女子抱怨情人太傲慢；也有认为是奴隶反抗贵族的粗暴。

【评介】

"《羔裘》，刺时也。晋人刺其在位不恤其民也。"（《毛诗序》）

"恤，忧也。"（《笺》）

"民欲去其大夫而不忍去，则其大夫之贤否可知，即民情亦大可见。"（方玉润《诗经原始》）

"《羔裘》，盖奴刺其小奴隶主贵族凶恶之诗。"（陈子展《诗经直解》）

"这大约是一个贵族婢妾反抗主人的诗。"（程俊英《诗经译注》）

【原诗】	【译诗】
羔裘豹祛[1]，	羔羊皮裘豹袖口，
自我人居居[2]。	你太傲慢不收敛。
岂无他人？	难道我无他人请？
维子之故[3]。	只因与你是故友。

羔裘豹褎，	羔羊皮裘豹皮袖，
自我人究究[4]。	你太恶劣不罢休。
岂无他人？	难道我无他人要？
维子之好。	只因与你是好逑。

【注释】

[1]袪（qū区），袖口。

[2]自，对于。我人，我们。居居，倨傲。

[3]维，惟，只因为。

[4]究究，心恶，心坏。

鸨 羽

【导读】

这首诗写因为无休止的"王事"，征夫常年在外，不得归家，家中田地荒芜，双亲无人奉养。征人忧心忡忡，不由质问苍天：痛苦的生活什么时候能结束？

【评介】

"《鸨羽》，刺时也。昭公之后，大乱五世，君子下从征役，不得养其母而作是诗也。"（《毛诗序》）

"大乱五世者，昭公、孝侯、鄂侯、哀侯、小子侯。"（《笺》）

"民从征役而不得养其父母，故作此诗。"（朱熹《诗集传》）

"《鸨羽》，农民苦于征役，不得养其父母者，呼吁之诗。"（陈子展《诗经直解》）

"这诗是农民在徭役重压下的呻吟。农民因为劳于'王事'，不能兼顾耕种，使父母的生活失掉保障。所谓王事又是永远没有完的，什么时

候才能安居乐业，只能去问那'悠悠苍天'。"（余冠英《诗经选译》）

"这是一首农民反抗伍休止的徭役制度的诗。农民不能在家"（程俊英《诗经译注》）

【原诗】	【译诗】
肃肃鸨羽[1]，	大雁嗖嗖展翅飞，
集于苞栩[2]。	栎树密密歇脚睡。
王事靡盬[3]，	君王差事无休止，
不能蓺稷黍[4]。	黍米高粱皆难种。
父母何怙[5]？	父母生计依靠谁？
悠悠苍天，	悠悠苍天我问你，
曷其有所！	何时才能把家回？
肃肃鸨翼，	大雁嗖嗖展翅飞，
集于苞棘。	枣树丛丛歇脚睡。
王事靡盬，	君王差事无休止，
不能蓺黍稷。	黍米高粱难料理。
父母何食？	父母吃饭依靠谁？
悠悠苍天，	悠悠苍天我问你，
曷其有极！	何时苦尽把家回？
肃肃鸨行，	大雁嗖嗖排成队，
集于苞桑。	桑树深深歇脚睡。
王事靡盬，	君王差事无休止，
不能蓺稻粱。	黍米高粱难栽培。
父母何尝？	父母口粮依靠谁？
悠悠苍天，	悠悠苍天我问你，
曷其有常[6]。	何日太平把家归？

【注释】

[1]肃肃，嗖嗖。鸨（bǎo宝）羽，大雁翅膀。
[2]集，栖息。苞，丛生。栩（xǔ许），柞栎树。
[3]靡盬（gǔ古），无休无止。
[4]蓺（yì艺），种植。
[5]怙（hù户），依凭。
[6]常，恢复正常。

无 衣

【导读】

这首诗写感旧物而怀人。

【评介】

"《无衣》，美晋武公也。武公始并晋国，其大夫为之请命乎天子之使而作是诗也。"（《毛诗序》）

"《史记》，曲沃桓叔之子武公，伐晋，灭之，尽以其宝器赂周釐王。王以武公为晋君，列于诸侯。此诗盖述其请命之意，言我非无是七章之衣也，而必请命者，盖以不如天子之命服之为安且吉也。盖当是时，周室虽衰，典刑犹在。武公既负弑君篡国之罪，则人得讨之，而无以自立于天地之间，故赂王请命，而为说如此。然其倨慢无礼，亦已甚矣。釐王贪其宝玩，而不思天理民彝之不可废，是以诛讨不加，而爵命行焉。则王纲于是乎不振，而人纪或几乎绝矣。呜呼痛哉！"（朱熹《诗集传》）

"《无衣》，曲沃武公灭晋侯缗之后，盖以其宝器赂献于周釐（僖）王，请命分为晋侯要挟之词。此《诗》亦为三百中最短之诗篇之一。诗设为

晋武公之语,实刺之,《序》说以为美,误已。"(陈子展《诗经直解》)

"这是一首览衣感旧或伤逝的诗。"(程俊英《诗经译注》)

【原诗】	【译诗】
岂曰无衣?七兮!	难道我无好衣装?
不如子之衣,	只是不如你的衣,
安且吉兮[1]。	穿上安适又吉祥啊!
岂曰无衣?六兮!	难道我无美衣裳?
不如子之衣,	只是不如你的衣,
安且燠兮[2]。	穿上温暖又安康啊!

【注释】
[1]安且吉,安适、美好而吉祥。
[2]燠(yù玉),暖和。

有杕之杜

【导读】

这是一首情诗,女子向心上人倾吐爱慕之意。

【评介】

"《有杕之杜》,刺晋,武公也。武公寡特,兼其宗族,而不肯求贤以自辅焉。"(《毛诗序》)

"此人好贤而恐不足以致之,故言此杕然之杜,生于道左,其荫不足以休息;如己之寡弱,不足恃赖,则彼君子者,亦安肯顾而适我哉?

然其中心好之，则不已也。但无自而得饮食之耳。夫以好贤之心如此。则贤者安有不至，而何寡弱之足患哉？"（朱熹《诗集传》）

"《有杕之杜》，亦为乞食者之歌，疑自《杕杜篇》分化而来，可视为同一母题之歌谣。"（陈子展《诗经直解》）

"这是一首恋歌，一个女子看中了对象，希望他来到身旁，招待他吃喝。"（程俊英《诗经译注》）

【原诗】　　　　【译诗】
有杕之杜[1]，　　杜梨独自开放，
生于道左。　　　长在道路左旁。
彼君子兮，　　　我那心上人儿，
噬肯适我[2]。　　可肯来到我房？
中心好之[3]，　　心中把他挚爱，
曷饮食之[4]？　　何时饮食共尝？

有杕之杜，　　　杜梨独自开放，
生于道周[5]。　　长在道路右方。
彼君子兮，　　　我那心上人儿，
噬肯来游。　　　可到我处游逛？
中心好之，　　　心中把他挚爱，
曷饮食之？　　　何日酒饭共尝？

【注释】

[1]杕（dì第），孤单而生。杜，杜梨。

[2]噬（shì市），发语辞。

[3]中心，心中。好，喜欢。

[4]曷，何不。

[5]周，右。

葛　生

【导读】

　　这是一首妻子悼念亡夫的诗。前三章写丈夫过世后，妻子孤苦无依，末尾一问一答，凄凉幽怨之情更浓；后两章写妻子的忠贞，不管过去多少年，死后也要与丈夫安葬在一起，不再分离。字里行间，尽显夫妻情深。

【评介】

　　"《葛生》，刺晋献公也。好攻战，则国人多丧矣。"（《毛诗序》）

　　"丧，弃亡也。夫从征役，弃亡不反，则其妻居家而怨思。"（《笺》）

　　"妇人以其夫久从征役而不归"（朱熹《诗集传》）

　　"《葛生》，夫从军未还，未知死生，其妻居家而怨思之作。"（陈子展《诗经直解》）

　　"这是一位妇人悼念丈夫的诗。诗句悱恻伤痛，感人至深，不愧为悼亡诗之祖。"（程俊英《诗经译注》）

【原诗】	【译诗】
葛生蒙楚[1]，	葛藤攀附荆树顶，
蔹蔓于野[2]。	蔹草蔓延野地荒。
予美亡此[3]，	美人吾爱葬在此，
谁与？独处！	有谁能慰他凄凉？
葛生蒙棘，	葛藤爬满枣树身，
蔹蔓于域。	蔹草蔓延墓地茫。
予美亡此，	美人我爱葬在此，

谁与？独息！	有谁伴他安眠长？

角枕粲兮[4]，	兽角装饰枕头光，
锦衾烂兮[5]。	锦绣绸被闪闪亮。
予美亡此，	美人我爱葬在此，
谁与？独旦！	有谁伴他到天光？

夏之日，	夏天白昼久又久，
冬之夜。	冬天寒夜长又长。
百岁之后，	只等百年阳寿到，
归于其居[6]。	与我美人永相傍！

冬之夜，	冬天寒夜久又久，
夏之日。	夏日白昼长又长。
百岁之后，	只等百年阳寿尽，
归于其室。	合葬并躺共墓房。

【注释】

[1]蒙，覆盖。楚，荆树。
[2]蔹（lǎn脸），草。蔓，滋长蔓延。
[3]予美，我的爱人。亡此，葬于此处。
[4]角枕，兽角装饰之枕。粲（càn灿），华美鲜明。
[5]衾（qīn亲）、被子。烂，灿烂。
[6]其居，其室，指亡人之墓室。

采 苓

【导读】

这首诗规劝君王公不要听信谗言,暗含讽刺之意。

【评介】

"《采苓》,刺晋献公也。献公好听谗焉。"(《毛诗序》)

"此刺听谗之诗。"(朱熹《诗集传》)

"《采苓》,刺听谗之诗。"(陈子展《诗经直解》)

"这是劝人不要听信谗言的诗。"(程俊英《诗经译注》)

【原诗】	【译诗】
采苓采苓[1],	采呀采呀采甘草,
首阳之巅[2]。	在那首阳山巅找。
人之为言[3],	人家有意把谣造,
苟亦无信[4]。	不听不信为最好。
舍旃舍旃[5],	不理不睬那一套,
苟亦无然[6]。	其实都是胡乱道。
人之为言,	人家有意把谣造,
胡得焉[7]!	坏心怎能得好报?
采苦采苦[8],	采呀采呀采苦菜,
首阳之下。	在那首阳山脚摘。
人之为言,	人家乱把玩笑开,
苟亦无与[9]。	不听不信且释怀。
舍旃舍旃。	那一套你别理睬,
苟亦无然。	玩笑都是胡乱开。

| 人之为言， | 人家乱把玩笑开， |
| 胡得焉！ | 阴谋岂能得逞哉？ |

采葑采葑[10]，	采呀采呀采芜菁，
首阳之东。	在那首阳山东寻。
人之为言，	谣言有意欺骗人，
苟亦无从[11]。	不听不信且放心。
舍旃舍旃，	不理不睬更不问，
苟亦无然。	其实都是嚼舌根。
人之为言，	既然存心欺骗人，
胡得焉！	妖言惑众怎得逞？

【注释】

[1]苓（líng灵），甘草。

[2]首阳，首阳山，在今山西永济。

[3]为言，伪言，谗言。

[4]苟，确实。无信，无可相信。

[5]舍旃（zhān沾），舍之焉，去他的吧！

[6]无然，不真实，不正确。

[7]胡，何。得，得到。胡得焉，什么也得不到。

[8]苦，苦荼菜。

[9]无与，不要相信，不要听从。

[10]葑（fēng风），芜菁菜。

[11]无从，不要听从。

国风·秦风

车 邻

【导读】

这首诗赞美秦仲,借车马里礼乐的奢华说明秦国此时的强大。秦国的强大,始于秦仲执政时期,到秦仲孙襄公被封为诸侯,开始了秦国争霸中原,一统天下的历史。

【评介】

"《车邻》,美秦仲也。秦仲始大,有车马礼乐侍御之好焉。"(《毛诗序》)

"是时秦君始有车马、及此寺人之官,将见者必先使寺人通之。故国人创见而夸美之也。"(朱熹《诗集传》)

"《车邻》,美秦仲始大,有车马礼乐侍御之好,并其君臣以闲暇燕饮相安乐而作。"(陈子展《诗经直解》)

"这是一首反映秦君腐朽的生活和思想的诗。诗是用一个女性的口吻写的,她可能是秦君宫中的一位婢妾。"(程俊英《诗经译注》)

【原诗】	【译诗】
有车邻邻[1],	车儿响声辚辚,
有马白颠[2]。	马儿花白额顶。
未见君子,	没有看见贵人,
寺人之令[3]。	只见侍从传令。
阪有漆[4],	高坡上漆树生,
隰有栗[5]。	低地里栗纷纷。
既见君子,	总算见到贵人,
并坐鼓瑟。	并肩鼓瑟弹琴。

今者不乐，	现在要不行乐，
逝者其耋[6]。	转眼变成老人。

阪有桑，	高坡蚕桑青青，
隰有杨。	低地绿杨丛生。
既见君子，	总算见到贵人，
并坐鼓簧[7]。	同坐吹奏簧笙。
今者不乐，	今时要不行乐，
逝者其亡[8]。	转眼死亡来临。

【注释】

[1]邻邻，辚辚，车轮驶动的声音。

[2]白颠，白额。

[3]寺人，宫内传令小臣。

[4]阪（bǎn板），山坡。

[5]隰（xí习），低洼地。

[6]耋（dié迭），八十岁。逝者，年岁逝去。

[7]簧，笙簧。

[8]亡，死亡，亦可释为没有，什么都一场空。

驷　　驖

【导读】

这首诗赞美秦襄公打猎时的盛况，暗示襄公的才能和秦国的强大。

【评介】

"《驷驖》,美襄公也。始命有田狩之事,园囿之乐焉。"(《毛诗序》)

"始命,命为诸侯也,秦始附庸也。"(《笺》)

"《驷驖》,描述秦襄公田猎之纪事诗。"(陈子展《诗经直解》)

"这是一首描写秦君打猎的诗,大致是秦襄公时的作品。诗中的公,当即秦襄公。他当时助平王迁都洛阳,被封为诸侯,遂有周西都畿内岐、丰八百里之地。秦风尚武,逐渐强大。"(程俊英《诗经译注》)

【原诗】	【译诗】
驷驖孔阜[1],	四匹黑马真硕大,
六辔在手[2]。	六条缰绳双手拉。
公之媚子[3],	公侯宠爱心腹人,
从公于狩。	跟他狩猎同出发。
奉时辰牡[4],	紧追公兽与母兽,
辰牡孔硕[5]。	野兽肥壮真堪夸。
公曰:"左之[6]!"	公侯命令朝左射,
舍拔则获[7]。	箭箭射倒不虚发。
游于北园[8],	归猎游弋在北园,
四马既闲[9]。	四匹马儿碎步踏。
輶车鸾镳[10],	车儿轻快铃声脆,
载猃歇骄[11]。	大小猎狗卧膝下。

【注释】

[1]驷,四马。驖(tiě铁),黑马。孔,很。阜,肥大。

[2]辔(pèi配),马缰绳。

[3]媚子,宠爱之人

[4]奉,放。辰,母兽;牡,公兽。

[5]孔硕,很肥壮。

[6]左之,向左追射。

[7]舍,放箭。拔,栝,箭尾

[8]北园,秦国狩猎场。

[9]闲,娴熟。

[10]辀(yóu由)车,轻便车。鸾,车铃。镳(biāo标),勒口。

[11]猃(xiǎn险),长嘴猎狗。歇骄,短嘴猎狗。

小　戎

【导读】

　　这首诗写女子思念出征在外的丈夫。她赞美如玉般杰出美好的丈夫,同时也表现了襄公时期秦国国力之盛,兵强马壮,势不可挡。这次战争应是襄公护送周平王东迁,抵御西戎时期发生的,也由此襄公被封为诸侯。

【评介】

　　"《小戎》,美襄公也。备其兵甲以讨西戎,西戎方强而征伐不休,国人则矜其车甲,妇人能闵其君子焉。"(《毛诗序》)

　　"西戎者,秦之臣子所与不共戴天之仇也。襄公上承天子之命,率其国人往而征之。故其从役者之家人,先夸车甲之盛如此,而后及其私情。盖以义兴师,则虽妇人亦知勇于赴敌而无所怨矣。"(朱熹《诗集传》)

　　"《小戎》,美秦襄公时伐西戎之诗。"(陈子展《诗经直解》)

　　"这是一位妇女思念她丈夫远征西戎的诗。诗当产生于秦襄公十二年(前766年)襄公伐戎之时。"(程俊英《诗经译注》)

【原诗】　　　　　　【译诗】

小戎俴收[1],　　　兵车架架好轻巧,
五楘梁辀[2]。　　　五根皮条车辕绕。
游环胁驱[3],　　　活动绳环勒前胸,
阴靷鋈续[4]。　　　铜圈皮带拉车牢。
文茵畅毂[5],　　　长毂车上虎皮垫,
驾我骐馵[6]。　　　驾起车儿花马跑。
言念君子,　　　　凝思我那好官人,
温其如玉。　　　　温和如玉不急躁。
在其板屋,　　　　他在西戎板屋中,
乱我心曲。　　　　惹我烦乱好心焦!

四牡孔阜[7],　　　四匹马儿真硕大,
六辔在手。　　　　六条缰绳双手抓。
骐馏是中[8],　　　红马青马当中驾,
騧骊是骖[9]。　　　黑马黄马两边拉。
龙盾之合[10],　　 盾牌画龙双双挂,
鋈以觼𮖥[11]。　　铜圈串串把绳扎。
言念君子,　　　　凝想我那好官家,
温其在邑。　　　　守护西邑常披挂。
方何为期?　　　　何日方可相拥呀,
胡然我念之?　　　叫我如何不想他!

俴驷孔群[12],　　 四马一致披铁甲,
厹矛鋈錞[13]。　　矛杆尾部包铜把。
蒙伐有苑[14],　　 盾牌上面毛羽画,
虎韔镂膺。　　　　虎皮箭袋有纹花。
交韔二弓,　　　　两把弓儿交叉摆,

竹闭绲縢[15]。	竹闭用绳紧捆扎。
言念君子，	遥想我那好爱人，
载寝载兴[16]。	忽起忽睡心头挂。
厌厌良人[17]，	温文尔雅好夫君，
秩秩德音[18]。	规规矩矩名声佳。

【注释】

[1]小戎，军车。俴（jiàn见），浅。收，车后横轸（zhěn枕）木。

[2]楘（mù木），皮条。梁辀（zhōu舟），车辕，通常用皮条缚扎。

[3]游环，活动的金属环。胁驱，围马胁的皮革。

[4]阴，轼前横板。靷（yǐn隐），拉车皮条。鋈（wù务）续，白铜环。

[5]文茵，有花纹的皮褥子。畅，长。毂（gǔ古），轮外车轴两端。

[6]骐，黑花马。馵（zhù住），白蹄马。

[7]牡，公马。孔阜，很大。

[8]骝（liú刘），红黑马。

[9]騧（guā瓜），黑嘴黄马。骊（lí离），黑马。骖，左右靠外的两匹马。

[10]龙盾，铸龙或画龙的盾牌。合，放在一处。

[11]觼（jué决），大环。軜（nà那），辔。

[12]俴驷，套有薄铜甲的四马。孔群，很合群，很一致。

[13]厹（qiú求）矛，三刃矛。錞（duì对），矛柄金属套。

[14]蒙，覆盖。伐，中等盾牌。苑，花纹。

[15]韔（chàng唱），弓套。竹闭，校正弓的工具。绲（gǔn滚），绳子。縢（téng疼），捆扎。

[16]载寝载兴，忽睡忽起。

[17]厌厌，安静。

[18]秩秩，有节制。德音，声誉

蒹 葭

【导读】

　　这是一首和《关雎》齐名的情诗，而从艺术角度而言，《蒹葭》更胜一筹。《蒹葭》融赋、比、兴于一诗，浑然天成，意境之美，令人叫绝。读之，使人齿颊留香，余味无穷；唱之，必也绕梁三日，余韵不绝。

【评介】

　　"《蒹葭》，刺襄公也。未能用周礼，将无以固其国焉。"（《毛诗序》）

　　"言秋水方盛之时，所谓彼人者，乃在水之一方，上下求之而皆不可得。然不知其何所指也。"（朱熹《诗集传》）

　　"盖秦处周地，不能用周礼。周之贤臣遗老，隐处水滨，不肯出仕。诗人惜之，托为招隐，作此见志。一为贤惜，一为世望。"（方玉润《诗经原始》）

　　"《蒹葭》，诗人自道思见秋水伊人，而终不得见之诗。"（陈子展《诗经直解》）

　　"这是一首描写追求意中人而不得的诗。"（程俊英《诗经译注》）

【原诗】	【译诗】
蒹葭苍苍[1]，	芦苇深深苍苍，
白露为霜。	秋寒白露凝霜。
所谓伊人，	我所思念姑娘，
在水一方。	就在河水那方。
溯洄从之[2]，	我要逆流探访，
道阻且长。	道路险阻漫长。

| 溯游从之， | 我要顺流探访， |
| 宛在水中央[3]。 | 她像在水中央。 |

蒹葭萋萋[4]，	芦苇高高密密，
白露未晞[5]。	晶莹露珠犹滴。
所谓伊人，	我所思念姑娘，
在水之湄[6]。	就在彼岸边际。
溯洄从之，	我要逆流探访，
道阻且跻[7]；	路险难以攀跻。
溯游从之，	我要顺流探访，
宛在水中坻[8]。	她像傍水坻石。

蒹葭采采[9]，	芦苇长长稠稠，
白露未已[10]。	晶莹露珠未收。
所谓伊人，	我所思念美人，
在水之涘[11]。	就在河水那头。
溯洄从之，	我要逆流探访，
道阻且右[12]；	路险弯曲难兜。
溯游从之，	我要顺流探访，
宛在水中沚[13]。	水洲倩影幽幽。

【注释】

[1]蒹（jiān兼）葭（jiā加），芦苇。苍苍，青青。

[2]溯洄（sù huí 素回），逆流而上。

[3]宛，宛如，犹，如。

[4]萋萋，丰茂。

[5]晞（xī西），干。

[6]湄，水草相连的河岸。

[7]跻（jī机），升，隆起。

[8]坻（chí迟），小沙洲。

[9]采采，众多、茂盛。

[10]已，止。

[11]涘（sì四），水边。

[12]右，向右转，弯曲。

[13]沚（zhǐ只），水中沙滩。

终　南

【导读】

这首诗赞美秦襄公的威武俊美，也有劝诫君王勿忘百姓之意。

【评介】

"《终南》，戒襄公也。能取周地，始为诸侯，受显服，大夫美之，故作诗以戒劝之。"（《毛诗序》）

"此秦人美其君之辞，亦《车邻》、《驷驖》之意也。"（朱熹《诗集传》）

"《终南》，亦美秦襄公之诗。秦大夫从襄公入朝而得赐服西归，途经终南山有作。"（陈子展《诗经直解》）

"这是一首周地人民劝戒秦君的诗。"（程俊英《诗经译注》）

【原诗】	【译诗】
终南何有[1]？	终南山中何所有？
有条有梅。	山楸梅花繁枝头。
君子至止，	那位大人来此地，

锦衣狐裘。	绸缎衣服狐皮裘。
颜如渥丹[2],	脸儿红似把丹涂,
其君也哉[3]!	看他堂皇又严肃!
终南何有?	终南山上何所有?
有纪有堂[4]。	杞树白棠样样稠。
君子至止,	那位大人来此地,
黻衣绣裳[5]。	五彩衣裳把花绣。
佩玉将将,	身上佩玉叮当响,
寿考不忘!	不忘养生定长寿。

【注释】

[1]终南,终南山,在西安城南。

[2]渥(wò卧),涂抹。丹,红颜料。

[3]君也哉,仪貌尊严高贵。

[4]纪,杞柳。堂,棠梨。

[5]黻(fú弗)衣,黑青色相间。绣裳,五色齐备的刺绣裙。

黄　鸟

【导读】

这首诗控诉惨无人道的活人陪葬制度。秦襄公三十一年(公元前621年)秦穆公死,177人陪葬,包括杰出的车氏三兄弟,从而天怒人怨。

【评介】

"《黄鸟》,哀三良也。国人刺穆公以人从死,而作是诗。"

(《毛诗序》)

"三良,三善臣也。谓奄息、仲行、鍼虎也。从死,自杀以从死。"(《笺》)

"秦穆公卒,以子车氏之三子为殉,皆秦之良也。国人哀之,为之赋《黄鸟》。事见《春秋》,即此诗也。言交交黄鸟,则止于棘矣;谁从穆公,则子车奄息也。盖以所见起兴也。临穴而惴慄,盖生纳之圹中也。三子皆国之良,而一旦杀之,若可贸以他人,则人皆愿百其身以易之矣。"(朱熹《诗集传》)

"《黄鸟》,秦人刺穆公以人从死,而哀其三良之诗。"(陈子展《诗经直解》)

"这是一首秦国人民挽'三良'的诗。""他是古代挽歌之祖。"(程俊英《诗经译注》)

【原诗】	【译诗】
交交黄鸟[1],	黄雀纷飞亦徘徊,
止于棘。	枣树之上停下来。
谁从穆公[2]?	谁随穆公去陪葬,
子车奄息[3]。	子车奄息遭了灾。
维此奄息,	就是这位奄息呀,
百夫之特[4]。	百人难比他人才。
临其穴,	临近墓穴将活埋,
惴惴其栗[5]。	浑身发抖心惴惴。
彼苍者天,	苍天苍天老天爷,
歼我良人。	杀我国中好人材。
如可赎兮,	假如旁人可抵命,
人百其身。	百个人儿把死代。
交交黄鸟,	黄雀起飞复徘徊,

止于桑。	桑树之上歇下来。
谁从穆公？	谁随穆公去陪葬，
子车仲行[6]。	子车仲行遭了灾。
维此仲行，	就是这位仲行呀，
百夫之防[7]。	百人难把他关开。
临其穴，	临近墓穴将活埋，
惴惴其栗。	浑身发抖心惴惴。
彼苍者天，	苍天苍天老天爷，
歼我良人。	杀我国中好人材。
如可赎兮，	假如旁人可抵命，
人百其身。	百个人儿把死代。

交交黄鸟，	黄雀腾飞终徘徊，
止于楚。	荆树之上落下来。
谁从穆公？	谁随穆公去陪葬，
子车针虎[8]。	子车针虎遭了灾。
维此针虎，	就是这位针虎呀，
百夫之御。	百人难把他打败。
临其穴，	临近墓穴将活埋，
惴惴其栗。	浑身发抖心惴惴。
彼苍者天，	苍天苍天老天爷，
歼我良人。	杀我国中好人材。
如可赎兮，	假如旁人可抵命，
人百其身。	百个人儿把死代。

【注释】

[1]交交，飞来飞去。

[2]从穆公，给穆公陪葬，秦穆公是春秋五霸之一，姓嬴，名任好。

[3]子车，姓。奄息，名。

[4]特，杰出，雄俊。

[5]惴（zhuì缀），惧怕。栗，慄，发抖。

[6]子车，姓。仲行，名。

[7]防，镇守关隘者。

[8]子车，姓。针虎，人名。

晨 风

【导读】

这是一首弃妇诗。诗中女子已被丈夫抛弃，却满心希望丈夫能够回心转意。见不到丈夫，她忧伤不已，无法相信丈夫如此绝情。

【评介】

"《晨风》，刺康公也。忘穆公之业，始弃其贤臣焉。"（《毛诗序》）

"妇人以夫不在，而言鴥彼晨风"（朱熹《诗集传》）

"《晨风》，刺秦康公忘父业、弃贤臣之诗。"（陈子展《诗经直解》）

"这是一位妇女疑心丈夫遗弃她的诗。"（程俊英《诗经译注》）

【原诗】	【译诗】
鴥彼晨风[1]，	鹯鸟嗖嗖飞得快，
郁彼北林[2]。	北林密密身后甩。
未见君子，	没有见到我男人，
忧心钦钦[3]。	忧心如焚挂心怀。

如何如何！	怎么办哟怎么办，
忘我实多。	他把我忘全甩开。
山有苞栎，	栎树丛丛山上长，
隰有六驳[4]。	赤李长长低地栽。
未见君子，	没有见到我男人，
忧心靡乐。	不欢不乐苦心怀。
如何如何！	怎么办哟怎么办，
忘我实多。	他把我负全甩开。
山有苞棣，	棣树棵棵山上长，
隰有树檖[5]。	梨树直直低地栽。
未见君子，	没有见到我男人，
忧心如醉。	心儿如醉丧魂魄。
如何如何！	怎么办哟怎么办，
忘我实多。	他把我欺全甩开。

【注释】

[1]鴥（yù玉），疾飞。晨风，鹯鸟。

[2]郁，茂盛。

[3]钦钦，忧思不止。

[4]隰（xí习），低洼地。驳（bó伯），树木名又叫赤李。

[5]棣（dì地），棠棣树，又名棠梨。檖（suì岁），山梨。

无 衣

【导读】

　　这是一首军中士兵唱的战歌，三章回环往复，铿锵有力，气势如虹，表现了秦国士兵上下一心，同仇敌忾。

【评介】

　　"《无衣》，刺用兵也。秦人刺其君好攻战，亟用兵，而不与民同欲焉。"（《毛诗序》）

　　"秦人之俗，大抵尚气概，先勇力，忘生轻死，故其见于诗如此。"（朱熹《诗集传》）

　　"《无衣》，秦哀公应楚臣申包胥之请，出兵救楚拒吴而作，托为秦民应王征召、相约从军之歌。"（陈子展《诗经直解》）

　　"这是一首秦地的军中战歌，可能是秦国帮助周王抵抗外族侵略的军歌。全诗充满了慷慨激昂、热情互助的气氛，表现了战士们英勇抗敌的精神。"（程俊英《诗经译注》）

【原诗】	【译诗】
岂曰无衣？	谁说没有军装着？
与子同袍[1]。	我愿与你共战袍。
王于兴师，	国王起兵调部队，
修我戈矛，	咱们悉心修戈矛，
与子同仇[2]。	同仇敌忾怒火烧。
岂曰无衣？	谁说没有军装着？
与子同泽[3]。	我愿与你共衫袍。
王于兴师，	国王起兵调部队，

修我矛戟，	咱们悉心修戟矛，
与子偕作[4]。	同心合力共步调。

岂曰无衣？	谁说没有军装着？
与子同裳[5]。	我愿与你共裳袍。
王于兴师，	国王起兵调部队，
修我甲兵，	咱们悉心修甲胄，
与子偕行。	共同行军走一遭。

【注释】

[1]子，你。同袍，同用（轮番使用）一件战袍。

[2]同仇，共同向仇敌作战。

[3]泽，汗衫。

[4]偕作，共同战斗。

[5]同裳，同战裙。

渭　阳

【导读】

这是一首送别诗。多认为是秦康公送母舅晋文公重耳回国时所作。

【评介】

"《渭阳》，康公念母也。康公之母，晋献公之女也。文公遭丽姬之难，未反而秦姬卒，穆公纳文公。康公时为太子，赠送文公于渭之阳，念母之不见也，我见舅氏，如母存焉。及其即位。思而作是诗也。"（《毛诗序》）

"按《春秋传》，晋献公烝丞于齐姜，生秦穆夫人、太子申生。娶大戎胡姬，生重耳。小戎子生夷吾。骊姬生奚齐，其娣生卓子。骊姬谮申生，申生自杀。又谮二公子，二公子皆出奔。献公卒，奚齐、卓子继位，皆为大夫里克所弑。秦穆公纳夷吾，是为惠公。卒，于立，是为怀公。立之明年，秦穆公又召重耳而纳之，是为文公。"（朱熹《诗集传》）

"《渭阳》，秦康公见舅思母，送别舅氏之诗。"（陈子展《诗经直解》）

"这是外甥送舅父的送别诗。"（程俊英《诗经译注》）

【原诗】	【译诗】
我送舅氏，	我送舅舅返家，
曰至渭阳[1]。	送到渭水北涯。
何以赠之？	用甚礼物赠他？
路车乘黄[2]。	奉上黄马车驾。
我送舅氏，	我送舅舅返家，
悠悠我思。	思念高堂妈妈。
何以赠之？	用甚礼物赠她？
琼瑰玉佩[3]。	美玉宝石光华。

【注释】
[1]渭阳，渭水之北。渭水流经西安。
[2]路车，诸侯所乘之车。乘（shèng胜）黄，四匹黄马。
[3]琼瑰，美玉。

权　舆

【导读】

　　这首诗写一个没落贵族的哀叹，以前他过着锦衣玉食的奢华生活，现在却是食不果腹。

【评介】

　　"《权舆》，刺康公也。忘先君之旧臣与贤者，有始而无终也。"（《毛诗序》）

　　"此言其君始有渠渠之夏屋以待贤者，而其后礼意寖衰，供亿寖薄，至于贤者每食而无余。于是叹之，言不能继其始也。"（朱熹《诗集传》）

　　"《权舆》，刺秦康公忘旧弃贤，盖旧臣贤士一流所作。"（陈子展《诗经直解》）

　　"这是一首没落贵族回想当年生活而自伤的诗。"（程俊英《诗经译注》）

【原诗】	【译诗】
於，我乎！	唉！我呀！
夏屋渠渠[1]，	从前楼阁深深，
今也每食无余。	如今每顿不剩。
於嗟乎，不承权舆[2]。	唉哟喂，从前如今比不成。
於，我乎！	唉！我呀！
每食四簋[3]，	从前每饭四碗高，
今也每食不饱。	如今每顿吃不饱。
於嗟乎，不承权舆。	唉哟喂，如今哪能比老早。

【注释】

[1]夏,同厦。夏屋,大房子。渠渠,房屋深广。

[2]不承,不继承,没有保持。权舆,当初,起始。

[3]簋(guǐ鬼),盛食物的圆形瓦器。

国风·陈风

宛 丘

【导读】

　　这首诗写男子爱上了一个跳舞的姑娘，这个姑娘是以舞娱神的巫，所以一年四季都在跳舞祝祷。

【评介】

　　"《宛丘》，刺幽公也。淫荒昏乱，游荡无度焉。"（《毛诗序》）

　　"国人见此人常游荡于宛丘之上，故叙其事以刺之。言虽信有情思而可乐矣，然无威仪可瞻望也。"（朱熹《诗集传》）

　　"《权舆》，刺陈国统治阶级游荡歌舞之诗，当出自民间歌手。"（陈子展《诗经直解》）

　　"这首诗，写一个男子爱上一个以巫为职业的舞女。陈国民间风俗爱好跳舞，巫风盛行。"（程俊英《诗经译注》）

【原诗】	【译诗】
子之汤兮[1]，	姑娘你舞姿在摇漾，
宛丘之上兮。	在这宛丘的高坡上。
洵有情兮[2]，	我心真正涌柔情哟，
而无望兮。	就是不敢抱奢望啊！
坎其击鼓[3]，	敲打鼓儿咚咚喳，
宛丘之下。	在这宛丘的山脚下。
无冬无夏，	不管那冬春与秋夏，
值其鹭羽[4]。	挥舞着鹭羽美娇娃。
坎其击缶[5]，	敲起盆儿响咚咚，

宛丘之道。	在这宛丘的道路中。
无冬无夏，	不管那春夏与秋冬，
值其鹭翿[6]。	挥舞着鹭羽如旋风。

【注释】

[1]子，指舞女。汤，荡，舞姿漂漾。

[2]洵，确实。

[3]坎，击鼓声。

[4]值，手持。鹭羽，鹭鸶鸟羽毛。

[5]缶（fǒu否），瓦盆。

[6]翿（dào到），鹭羽。

东门之枌

【导读】

这首诗描写男女欢会歌舞的场面，表现了陈国当时的风俗民情。

【评介】

"《东门之枌》，疾乱也。幽公淫荒，风化之所行，男女弃其就业，亟会于道路，歌舞于市井尔。"（《毛诗序》）

"此男女聚会歌舞，而赋其事以相乐业也。"（朱熹《诗集传》）

"《东门之枌》，描述陈国大夫之家男女歌舞淫荒之诗。"（陈子展《诗经直解》）

"这是一首描写男女相爱，聚会歌舞的民间情歌，表现了当时青年的爱情生活，也反映了陈国男女聚会、歌舞相乐、巫风盛行的特殊风格。"（程俊英《诗经译注》）

【原诗】	【译诗】
东门之枌[1]，	东门里长白榆，
宛丘之栩[2]。	宛丘上长栎树。
子仲之子[3]，	子仲之女儿美，
婆娑其下[4]。	树下婆娑起舞。
穀旦于差[5]，	选好良辰吉日，
南方之原。	到那南边大地。
不绩其麻，	麻布不纺不织，
市也婆娑。	婆娑舞在集市。
穀旦于逝[6]，	趁着吉日赶去，
越以鬷迈[7]。	屡次三番会你。
视尔如荍[8]，	看你葵花笑靥，
贻我握椒[9]。	你赠花椒一枝。

【注释】

[1]枌（fén焚），白榆树。

[2]栩（xǔ许），栎树。

[3]子仲，姓。子，女子，女郎，子仲的女儿。

[4]婆娑（suō梭），舞蹈状。

[5]穀（gǔ古）旦，好日子。差，选择。

[6]逝，赶去。

[7]越以，发语词。鬷（zōng宗），屡次。迈，往，去。

[8]荍（qiáo乔），锦葵花。

[9]贻（yí移），赠与。握，一捧。椒，花椒。降神所用香料。

衡　门

【导读】

这首诗写没落贵族的自嘲自慰。

【评介】

"《衡门》，诱僖公也。愿而无立志，故作是诗以诱掖其君也。"（《毛诗序》）

"此隐居自乐而无求者之辞。"（朱熹《诗集传》）

"《衡门》，诱僖公立志之诗。"（陈子展《诗经直解》）

"这诗表现安贫寡欲的思想。第一章言居处饮食不嫌简陋。二、三章言小家贫女可以为偶。"（余冠英《诗经选译》）

"这是一位没落贵族以安于贫贱自慰的诗。"（程俊英《诗经译注》）

【原诗】	【译诗】
衡门之下[1]，	放倒木头门框，
可以栖迟[2]。	门框之上可躺。
泌之洋洋[3]，	泌泉之水浩荡，
可以乐饥。	饮水亦饱饥肠。
岂其食鱼，	难道人们吃鱼，
必河之鲂？	必把鲂鱼品尝？
岂其取妻[4]，	难道男儿娶妻，
必齐之姜[5]？	非娶齐姜姑娘？
岂其食鱼，	难道人们吃鱼，
必河之鲤？	非把鲤鱼品尝？

| 岂其取妻， | 难道男儿娶妻， |
| 必宋之子[6]？ | 非娶宋子姑娘？ |

【注释】

[1]衡门，撑起门框门梁。

[2]栖迟，休息。

[3]泌（bì必），泉水。洋洋，多而盛大。

[4]取妻，娶妻。

[5]齐姜，齐国姜姓女。

[6]宋子，宋国子姓女。

东门之池

【导读】

　　这首诗写男子与美丽的心上人在"东门之池"约会，彼此倾诉思念爱慕之情。

【评介】

　　"《东门之池》，刺时也。疾其君之淫昏，而思贤女以配君子也。"（《毛诗序》）

　　"此亦男女会遇之辞。盖因其会遇之地，所见之物，以起兴也。"（朱熹《诗集传》）

　　"这是一首男女相会的情歌。诗以男性的口吻写他追求一位在东门城池浸麻织布的女子。"（程俊英《诗经译注》）

【原诗】　　　　　【译诗】

东门之池[1]，　　东城门外池塘，
可以沤麻。　　　可以浸泡麻桑。
彼美淑姬[2]，　　美丽姬家女子，
可与晤歌。　　　可以与她对唱。

东门之池，　　　东城门外池滑，
可以沤纻[3]。　　可以浸泡苧麻。
彼美淑姬，　　　美丽姬家女子，
可与晤语。　　　可以与她说话。

东门之池，　　　东城门外池深，
可以沤菅[4]。　　可以浸泡菅绳。
彼美淑姬，　　　美丽姬家女子，
可与晤言。　　　可以与她谈心。

【注释】

[1]池，城池，护城河。

[2]淑姬，姬姓美女。

[3]纻（zhù住），苧麻。

[4]菅（jiān尖），茅草，柔韧可以搓绳。

东门之杨

【导读】

　　这首诗写男子与心上人约好夜晚在"东门之杨"下相见。可是心上人迟迟不出现，男子独对满天繁星，不忍离去，痴痴等待。

【评介】

"《东门之杨》，刺时也。昏姻失时，男女多违，亲迎女犹有不至者也。"（《毛诗序》）

"此亦男女期会而有负约不至者，故因其所见以起兴也。"（朱熹《诗集传》）

"这是男女约会之词。东门是约会之地，黄昏是约会之时。"（余冠英《诗经选译》）

"这是写男女约会久候不至的诗。"（程俊英《诗经译注》）

【原诗】	【译诗】
东门之杨，	东门外的白杨，
其叶牂牂[1]。	叶儿密密昌昌。
昏以为期[2]，	相约黄昏相会，
明星煌煌。	只等明星闪亮。
东门之杨，	东门外的白杨，
其叶肺肺[3]，	叶儿密密长长。
昏以为期，	相约黄昏相会，
明星晢晢[4]。	只等明星闪光。

【注释】

[1]牂牂（zāng脏），繁盛。
[2]昏，黄昏。期，约会。
[3]肺肺（pèi配），茂盛。
[4]晢（zhé哲）晢，明亮。

墓 门

【导读】

这首诗讽刺桓公昏庸、陈佗反叛。

【评介】

"《墓门》，刺陈佗也。陈佗无良师傅，以至于不义，恶加于万民焉。"（《毛诗序》）

"《墓门》，刺陈佗之诗。"（陈子展《诗经直解》）

"这是一首人民讽刺、反抗不良统治者的诗，据说是刺陈佗的。《左传》桓公五年，叙述陈桓公生病时，陈佗杀太子免。桓公死后，他自立为君。陈国大乱，国人离散。后来蔡国为陈平乱，杀了陈佗。这首诗在当时民间颇为流行。"（程俊英《诗经译注》）

【原诗】	【译诗】
墓门有棘，	坟墓门前长荆棘，
斧以斯之[1]。	举起斧子连根劈。
夫也不良，	那人不是好东西，
国人知之。	举国上下人尽知。
知而不已[2]，	丑行败露不休止，
谁昔然矣[3]。	一向如此休要提。
墓门有梅，	坟墓门前长酸梅，
有鸮萃止[4]。	猫头鹰在上面睡。
夫也不良，	那人不是好东西，
歌以讯之[5]。	大伙编歌来讥刺。
讯予不顾，	众口讥刺他不理，
颠倒思予。	好歹不分颠倒的。

【注释】

[1]斯，劈开。

[2]不已，不停止。

[3]谁昔，从前，一向。然，如此。

[4]鸮（xiāo肖），猫头鹰。萃止，停息。

[5]讯，讯问，讥骂。

防有鹊巢

【导读】

这首诗写女子的情人因听信谗言而疏远了她，她焦急忧伤，满腹委屈。

【评介】

"《防有鹊巢》，忧谗贼也。宣公多信谗，君子多忧惧焉。"（《毛诗序》）

"此男女之有私，而忧或间之之辞。"（朱熹《诗集传》）

"《防有鹊巢》，诗人忧惧有人谗间于其所爱者之作。"（陈子展《诗经直解》）

"在这里诗人倾吐他的忧虑，忧虑他的爱人被坏人的诳言所蒙蔽。"（余冠英《诗经选译》）

"这是一位诗人担忧有人离间他情人的诗。"（程俊英《诗经译注》）

【原诗】	【译诗】
防有鹊巢[1]，	堤防岂能当鹊巢？
邛有旨苕[2]。	高丘岂能长苕草？

| 谁侜予美[3]， | 是谁糊弄我所爱？ |
| 心焉忉忉[4]。 | 令我愁烦好心焦。 |

中唐有甓[5]，	庭院岂宜瓦铺道？
邛有旨鷊[6]。	高丘岂能长绶草？
谁侜予美，	是谁欺负我所爱？
心焉惕惕。	令我愁烦又急躁！

【注释】

[1]防，堤防，大堤。

[2]邛（qióng穷），土堆。旨苕（tiáo条），甜美的苕草，生于低湿处。

[3]侜（zhōu周），欺骗。予美，我之所爱。

[4]忉忉（dāo刀），心忧。

[5]唐，堂前路。甓（pì僻），砖瓦。

[6]邛（qióng穷），高处，高丘。鷊（yì艺），绶草。

月　出

【导读】

　　这是一首优美的情诗。月色撩人，相思更浓，男子想起自己的心上人就如月光一般轻盈曼妙、美丽动人，怎不令人魂牵梦绕？这首诗笼罩着淡淡的忧伤，节奏舒缓，意境优美。

【评介】

　　"《月出》，刺好色也。在位不好德，而悦美色焉。"（《毛诗序》）

　　"此亦男女相悦而相念之辞。"（朱熹《诗集传》）

"《月出》，盖诗人期会月下美人，自道其相慕之诚，相思之劳而作。诗写美人只从幻想虚神着笔。所用动、状词汇，多不经见，意蕴含蓄。但觉其仙姿摇曳，若隐若现，不可端倪。即此已活描出一月下美人之形象。"（陈子展《诗经直解》）

"这是一首月下怀人的诗。这首诗的特点是反复咏叹，通篇句句押韵。""隐约地描绘出月下美人的风姿和诗人劳心幽思的形象。"（程俊英《诗经译注》）

【原诗】　　　　【译诗】
月出皎兮，　　　月儿出来光皎皎，
佼人僚兮[1]。　　美女出闺如仙妖。
舒窈纠兮[2]，　　步态舒缓形体妙，
劳心悄兮[3]。　　引我急躁把我撩。

月出皓兮，　　　月儿出来光皓皓，
佼人懰兮[4]。　　美女出闺意态娇。
舒忧受兮[5]，　　步态舒缓形体好，
劳心慅兮[6]。　　心猿意马我烦恼。

月出照兮，　　　月儿出来银光照，
佼人燎兮[7]。　　美女出闺好招摇。
舒夭绍兮[8]，　　步态舒缓衣裙飘，
劳心惨兮[9]。　　春情驱我欲火烧。

【注释】
[1]佼，姣，美好。僚，美貌。
[2]舒，舒缓。窈纠，窈（yǎo咬）窕、苗条。
[3]劳心，苦恋之心。悄，忧之深厚。

[4]恌（liú刘）同"嬼"，妖媚。
[5]忧受，婀娜多姿。
[6]慅（cǎo草），忧愁。
[7]燎，明亮光鲜。
[8]夭绍、姿容轻盈美好。
[9]惨，烦躁。

株　林

【导读】

这首诗讽刺陈灵公与夏姬私通。

【评介】

"《株林》，刺灵公也。淫乎夏姬，驱驰而往，朝夕不休息焉。"（《毛诗序》）

"灵公淫于夏征舒之母，朝夕而往夏氏之邑，故其民相与语曰：君胡为乎株林乎？曰：从夏南耳。然则非适株林也，特以从夏南故耳。盖淫乎夏姬，不可言也，故以从其子言之。诗人之忠厚如此。""《春秋传》：'夏姬，郑穆公之女也，嫁于陈大夫夏御叔。灵公与其大夫孔宁，仪行父通焉。泄冶谏不听而杀之，后卒为其子征舒所弑。而征舒复为楚庄王所诛。"（朱熹《诗集传》）

"《株林》，刺陈灵公淫乎夏姬之诗。"（陈子展《诗经直解》）

"陈灵公和大夫夏征舒的寡母夏姬私通，丑声洋溢。陈国民间产生了这首歌谣，体裁是众人的问答，内容反映陈国人民对这件事的街谈巷议，冷嘲热讽；也可能包含陈灵公的仆夫们的窃窃偶话。其中有笑声，有怒气，不一定都是庄语。"（余冠英《诗经选译》）

"这是陈国人民讽刺陈灵公和夏姬淫乱的诗。"（程俊英《诗经译注》）

【原诗】　　　　　　【译诗】

胡为乎株林[1]？　　问他株林把谁缠，

从夏南[2]。　　　　其实是找夏南玩。

匪适株林，　　　　哪里是到株林看，

从夏南。　　　　　幽会一番与夏南。

驾我乘马，　　　　驾我车马快步踏，

说于株野。　　　　株林野地好融洽。

乘我乘驹，　　　　乘着我的车和驹，

朝食于株[3]。　　　搂着夏姬说情话。

【注释】

[1]株林，夏姬儿子夏征舒之封邑。陈灵公与大夫孔宁、仪行父都曾在此与夏姬淫乱。

[2]夏南，征舒字南。夏南杀死陈灵公后，楚灭陈。

[3]朝食，闻一多《诗经通义》释为发生性行为。

泽　陂

【导读】

　　这首诗写男子爱上了水边的一个美丽女子，求之不得，相思难耐，寝食难安。也有认为是女子怀人。

【评介】

　　"《泽陂》，刺时也。言灵公君臣淫乎其国，男女相悦，忧思感伤。"（《毛诗序》）

"愚疑此诗悯伤夏姬,盖其女奴所作。作在陈灵公、夏征舒相继被杀之际,夏季适在忧思感伤、涕泗滂沱、寤寐无为、展转伏枕之中也。"(陈子展《诗经直解》)

"这是一位女子怀人的诗。"(程俊英《诗经译注》)

【原诗】
彼泽之陂[1],
有蒲与荷。
有美一人,
伤如之何!
寤寐无为[2],
涕泗滂沱。

彼泽之陂,
有蒲与蕳[3]。
有美一人,
硕大且卷[4]。
寤寐无为,
中心悁悁[5]。

彼泽之陂,
有蒲菡萏[6]。
有美一人,
硕大且俨[7]。
寤寐无为,
辗转伏枕。

【译诗】
四方堤坝绕池塘,
蒲草荷花共生香。
爱那英俊美男子,
叫我如何不心伤?
日夜想他常思量,
涕泪滂沱一行行。

四方堤坝绕池塘,
蒲草莲蓬共生香。
爱那英俊美男子,
身材高大卷发长。
日夜想他总忧伤,
心头郁郁不开朗。

四方堤坝绕池塘,
蒲草莲荷共生香。
爱那英俊美男子,
身材高大好端庄。
日夜念他心头慌,
翻来复去抱枕想。

国风·陈风

【注释】

[1]泽,池塘。陂(bēi杯),堤岸。

[2]寤,睡醒。寐,睡着。无为,睡不着。

[3]菡(jiān尖),荷,莲。

[4]卷,卷发。

[5]悁(juān娟)悁,闷闷不乐。

[6]菡萏(hàn汗dàn旦),荷花。

[7]俨(yǎn眼),矜持端庄。

国风·桧风

羔 裘

【导读】

这首诗指责君王沉湎于奢华的生活而无心政事，使臣民忧心忡忡。

【评介】

"《羔裘》，大夫以道去其君也。国小而迫，君不用道，好洁其衣服，逍遥游宴，而不能自强于政治，故作是诗也。"（《毛诗序》）

"旧说桧君好洁其衣服，逍遥游宴，而不能自强于政治，故诗人忧之。"（朱熹《诗集传》）

"夫国君好洁衣服，过之小者也，何必去？即云国小而迫，正臣子相助为理之秋，更不必去。此必国势将危，其君不知，犹以宝货为奇，终日游宴，边幅是修，臣下忧之，谏而不听，夫然后去。去之而又不忍遽绝其君，乃形诸歌咏以见志也。"（方玉润《诗经原始》）

"一个女子欲奔男子，可是又有所顾忌而不敢，所以内心很忧伤。"（程俊英《诗经译注》）

【原诗】	【译诗】
羔裘逍遥[1]，	身穿羊裘去游逛，
狐裘以朝。	换上狐袍上朝堂。
岂不尔思？	难道我不思念你，
劳心忉忉[2]。	心头烦恼顾虑长。
羔裘翱翔[3]，	身穿羊裘闲游逛，
狐裘在堂。	换上狐袍上朝堂。
岂不尔思？	难道我不思念你，
我心忧伤。	心中悲伤隐忧长。

羔裘如膏[4],　　　羊裘就如脂膏样,
日出有曜[5]。　　　太阳映照闪闪亮。
岂不尔思?　　　　难道我不想念你,
中心是悼[6]。　　　心中苦恼恐惧长。

【注释】

[1]羔裘,羊羔皮缀制成的裘袍。逍遥,游逛
[2]忉忉(dāo刀),忧烦。
[3]翱翔,游逛。
[4]膏,油脂。
[5]曜(yào要),光彩。
[6]悼,惧怕。

素　冠

【导读】

　　这是一首妻子悼念丈夫的诗。丈夫刚刚过世,妻子悲痛不已,多次想到与丈夫同归于黄泉之下。

【评介】

　　"《素冠》,刺不能三年也。"(《毛诗序》)

　　"祥冠,祥则冠之,禫则除之。今人皆不能行三年之丧矣,安得见此服乎?当时贤者庶几见之,至于忧劳也。"(朱熹《诗集传》)

　　"《素冠》,幸见能终三年之丧者,以刺短丧之诗。"(陈子展《诗经直解》)

　　"这是一首悼亡诗。一位妇女,丈夫死了,将入殓时,她抚尸痛

哭，伤心地表示愿意和丈夫同死。"（程俊英《诗经译注》）

【原诗】　　　　　　【译诗】
庶见素冠兮[1]，　　　有幸见你戴素冠，
棘人栾栾兮[2]，　　　瘦骨棱棱改容颜，
劳心慱慱兮[3]。　　　我真为你把心担。

庶见素衣兮，　　　　有幸见你穿白衫，
我心伤悲兮，　　　　我心伤悲难尽言，
聊与子同归兮[4]。　　真愿与你分忧患。

庶见素韠兮[5]，　　　有幸见你着白裙，
我心蕴结兮[6]，　　　我心郁结苦难言，
聊与子如一兮。　　　真愿代你排忧烦。

【注释】
[1]庶，幸。素冠，白帽子，追悼死者所戴。
[2]棘，瘦。栾（luán峦）栾，体态瘦弱。
[3]劳心，忧心。慱慱（tuán团），忧劳。
[4]聊，愿。同归，同与你守丧三年。
[5]素韠（bì毕），白围裙。
[6]蕴结，愁绪忧结。

隰有苌楚

【导读】

这首诗写一个没落贵族羡慕"苌楚"无牵无挂、逍遥自在,表现了悲观厌世的生活态度。

【评介】

"《隰有苌楚》,疾恣也。国人疾其君之淫恣,而思无情慾者也。"(《毛诗序》)

"政烦赋重,人不堪其苦,叹其不如草木之无知而无忧也。"(朱熹《诗集传》)

"此必桧破民逃,自公族子姓以及小民之有室有家者,莫不扶老携幼,挈妻抱子,相与号泣路岐,故有家不如无家之好,有知不如无知之安也。而公族子姓之为世家累者尤甚。"(方玉润《诗经原始》)

"《隰有苌楚》,此痛感有知有家有室之苦者,转羡草木无知无家无室之乐,悲观厌世之诗。"(陈子展《诗经直解》)

"这是乱离之世的忧苦之音。诗人因为不能从忧患解脱出来,便觉得草木的无知无觉,无家无室是值得羡慕的了。"(余冠英《诗经选译》)

"这是一位没落贵族悲观厌世的诗。""诗人在乱离之际,竟羡慕起草木的欣欣向荣、无知无觉、无室家之累来了。"(程俊英《诗经译注》)

【原诗】	【译诗】
隰有苌楚[1],	洼地之中长羊桃,
猗傩其枝[2]。	枝儿繁盛又富饶。
夭之沃沃[3],	又肥又嫩光泽好,
乐子之无知。	羡你无知担忧少。

隰有苌楚，	洼地之中长羊桃，
猗傩其华[4]。	花儿繁盛真娇娆。
夭之沃沃，	又肥又嫩光泽好，
乐子之无家。	慕你无家拖累少。

隰有苌楚，	洼地之中长羊桃，
猗傩其实。	果实繁盛肥又饱。
夭之沃沃，	又肥又嫩光泽好，
乐子之无室[5]。	羡你无妻麻烦少。

【注释】

[1]隰（xí习），地之低洼处。苌（cháng常）楚，猕猴桃，羊桃。
[2]猗（yī衣）傩（nuó挪），婀娜，美好柔和。
[3]夭，嫩而鲜。沃沃，有光泽。
[4]华，花。
[5]室，妻室。

匪 风

【导读】

　　这首诗写远行之人思念家乡。奔驰的车马勾起思乡之情，他多么希望有人能为他带一封家书以报平安。

【评介】

　　"《匪风》，思周道也。国小政乱，忧及祸难，而思周道焉。"（《毛诗序》）

"周室衰微，贤人忧叹而作此诗。"（朱熹《诗集传》）

"《匪风》，盖桧大夫以国小政乱，忧及祸难，而思周道之诗。"（陈子展《诗经直解》）

"这是一位旅客思乡的诗。"（程俊英《诗经译注》）

"唐人诗云：'故园东望路漫漫，双袖龙钟泪不干。马上相逢无纸笔，凭君传语报平安。'意境相似。"（余冠英《诗经选》）

【原诗】　　　　【译诗】
匪风发兮[1]，　　风儿吹得呼啦响，
匪车偈兮[2]。　　车儿奔驰飞一样。
顾瞻周道，　　　回顾身后大道长，
中心怛兮[3]。　　心中恋家真哀伤！

匪风飘兮，　　　旋风吹得呼啦响，
匪车嘌兮[4]。　　车儿颠簸逐流光。
顾瞻周道，　　　回顾身后大道长，
中心吊兮[5]。　　心中想家真悲伤。

谁能亨鱼[6]，　　谁人煮鱼鲜汤浇，
溉之釜鬵[7]。　　为他洗锅把水烧。
谁将西归，　　　哪位要往西边去，
怀之好音[8]。　　平安家书托他捎。

【注释】

[1]匪，彼。发发，呼呼的风声。

[2]偈（jié节），急驰疾驶。

[3]怛（dá达），忧伤。

[4]嘌（piāo飘），颠簸漂摇。

[5]吊，悲伤。

[6]亨，烹。

[7]溉（gài盖），洗涤。釜（fǔ斧），锅。鬵（xún寻），大锅。

[8]怀，送给。好音，好音讯。

国风·曹风

蜉　蝣

【导读】

　　这首诗写生逢乱世的惶惑无依。

【评介】

　　"《蜉蝣》，刺奢也。昭公国小而迫，无法以自守，好奢而任小人，将无所依焉。"（《毛诗序》）

　　"此诗盖以时人有玩细娱而忘远虑者，故以蜉蝣为比而刺之。"（朱熹《诗集传》）

　　"《蜉蝣》，盖曹之破落贵族公子大夫之流，忧伤其君臣徒好衣裳楚楚，不知国亡将在旦夕而作。"（陈子展《诗经直解》）

　　"这是一首没落贵族叹息人生短促的诗。"（程俊英《诗经译注》）

【原诗】	【译诗】
蜉蝣之羽[1]，	蜉蝣生就好翅膀，
衣裳楚楚[2]。	衣冠楚楚人漂亮。
心之忧矣，	人生苦短心忧伤，
于我归处。	身后归宿在何方？
蜉蝣之翼，	蜉蝣生就好羽翼，
采采衣服[3]。	多姿多彩五色衣。
心之忧矣，	朝生暮死多忧思，
于我归息。	身后何处可安息？
蜉蝣掘阅[4]，	蜉蝣穿洞来世上，

麻衣如雪[5]。	麻衣如同雪一样。
心之忧矣，	在生忧患总寻常，
于我归说。	身后何地是鬼乡？

【注释】

[1]蜉（fú芙）蝣（yóu游），成虫常在水面飞行，寿命极短，常常在数小时及至一天内便死去。

[2]楚楚，鲜明。

[3]采采，华丽而有光彩。

[4]掘阅，穿穴，钻洞。

[5]麻衣，蜉蝣有若蝉翼的翅膀。

候　人

【导读】

　　这首诗写女子爱上了一个年轻英俊的武士，百般示爱，那武士却不解风情，毫无反应。女子又是尴尬又是着急。女子坦率而热情，可惜碰到了一只"呆头鹅"。

【评介】

　　"《候人》，刺近小人也。共公远君子而好近小人也。"（《毛诗序》）

　　"此刺其君远君子而近小人之辞。"（朱熹《诗集传》）

　　"要之，此诗正反映西周叔世、王网解纽、社会大变革期中，贵贱对立面相互转化之一种现象也。"（陈子展《诗经直解》）

　　"这首诗写的是对于一位清寒劳苦的候人的同情和对于一些'不称

其服'的朝贵的讥刺。"（余冠英《诗经选译》）

"这是曹国没落贵族讥刺新兴人物的诗。"（程俊英《诗经译注》）

【原诗】　　　　　【译诗】

彼候人兮[1]，　　　迎进送出是候人，
何戈与祋[2]。　　　身上背戈又扛棍。
彼其之子，　　　　他们那些官员们，
三百赤芾[3]。　　　红皮裹腿乱纷纷。

维鹈在梁[4]，　　　鱼梁上面有鹈鸪，
不濡其翼[5]。　　　翅膀沾水抖珍珠。
彼其之子，　　　　他们那些官员们，
不称其服。　　　　哪配穿上那官服？

维鹈在梁，　　　　鱼梁上面有鹈鸪，
不濡其咮。　　　　饮饮啄啄不湿口。
彼其之子，　　　　他们那些官员们，
不遂其媾[6]。　　　那配穿上那套袖？

荟兮蔚兮[7]，　　　云蒸霞蔚雾气浓，
南山朝隮[8]。　　　清早南山起彩虹。
婉兮娈兮[9]，　　　娇小玲珑候人女，
季女斯饥[10]。　　　从小饥饿受贫穷。

【注释】
[1]候人，迎送宾客之小官。
[2]何，荷，扛着。祋（duì对），长杖，杖端有八棱锐器。
[3]赤芾（fú扶），红皮裹腿。

[4]鹈（tí啼），鹈鸪。梁，拦鱼坝。
[5]濡（rú如），打湿。
[6]遂，满意。媾（gòu构），套袖，射箭用的皮臂衣。
[7]荟（huì会）、蔚，聚集、弥漫。
[8]陭（jī机），虹。
[9]婉、娈（luán峦），美好。
[10]季女，少女。

鸤 鸠

【导读】

这首诗表面赞美"淑人君子"贤德又能，其实讽刺统治阶级一片黑暗。

【评介】

"《鸤鸠》，刺不一也。在位无君子，用心之不一也。"（《毛诗序》）

"诗人美君子之用心，均平专一，"（朱熹《诗集传》）

"《鸤鸠》，疑为一群'小人'谄谀干进，歌功颂德之诗。"（陈子展《诗经直解》）

"这是讽刺在位没有好人的诗。诗人理想的'淑人君子'，言行一致，受到国内外的称颂和拥护。但在当时的统治阶级中，这样的人实际上是不存在的。诗是从正面写的，如不细加琢磨不易看出它隐含的讽意。"（程俊英《诗经译注》）

【原诗】　　　　　【译诗】
鸤鸠在桑[1]，　　布谷鸟巢桑树上，
其子七兮。　　　七只小鸟多安详。
淑人君子，　　　那位贤明好君子，
其仪一兮。　　　待人接物总一样。
其仪一兮，　　　待人接物总一样，
心如结兮[2]。　　内心坚毅又善良。

鸤鸠在桑，　　　布谷鸟巢桑树上，
其子在梅。　　　小鸟梅林飞来往。
淑人君子，　　　那位贤明好君子，
其带伊丝[3]。　　白丝腰带长又长。
其带伊丝，　　　白丝腰带长又长，
其弁伊骐[4]。　　五彩玉片皮帽镶。

鸤鸠在桑，　　　布谷鸟巢桑树上，
其子在棘。　　　小鸟枣林频来往。
淑人君子，　　　那位贤明好君子，
其仪不忒[5]。　　他的仪表真端方。
其仪不忒，　　　他的仪表真端方，
正是四国[6]。　　四方各国做榜样。

鸤鸠在桑，　　　布谷鸟巢桑树上，
其子在榛。　　　小鸟榛林互来往。
淑人君子，　　　那位贤明好君子，
正是国人[7]。　　全国人民树榜样。
正是国人，　　　全国人民树榜样，
胡不万年！　　　怎不万年寿无疆。

【注释】

[1]鸤（shī湿）鸠，布谷鸟。

[2]结，纠结，坚固。

[3]带，腰带。伊丝，丝织物。

[4]弁（biàn变），皮帽。骐（qí奇），指帽上玉饰。

[5]忒（tè特），差错。

[6]正，规正，表率。四国，各地。

[7]国人，全国各地的人民。

下　泉

【导读】

　　这首诗写晋文公时，派荀跞败子朝，立敬王。追述往日的辉煌，是为了哀叹今日的衰微。

【评介】

　　"《下泉》，思治也。曹人疾共公侵刻下民，不得其所，忧而思明王也。"（《毛诗序》）

　　"王室陵夷，而小国困弊，故以寒泉下流而苞粮见伤为比，遂兴其忾然以念周京也。"（朱熹《诗集传》）

　　"夫天下有道，则礼乐征伐自天子出；天下无道，则礼乐征伐自诸侯出。今晋文入曹，执其君，分其田，以释私憾，宁能使曹人帖然心服乎？此诗之作，所以念周衰，伤晋霸也。"（方玉润《诗经原始》）

　　"《下泉》，盖衰周乱世，曹人思明王，颂贤伯之作。玩诗意、确有不胜今昔盛衰之感。其哀以思，诗或出于破落贵族，属于亡国之音。诗人为国运唱挽歌。"（陈子展《诗经直解》）

"这是曹人赞美晋国荀跞纳周敬王于成周的诗。"（程俊英《诗经译注》）

【原诗】	【译诗】
冽彼下泉[1]，	泉水涌出冰块凉，
浸彼苞稂[2]。	浸淹莠草难生长。
忾我寤叹[3]，	醒来睁眼就叹气，
念彼周京[4]。	周王京城长怀想。
冽彼下泉，	泉出涌出冰又凉，
浸彼苞萧。	浸淹蒿草难生长。
忾我寤叹，	醒来睁眼就叹气，
念彼京周。	周王京都长怀想。
冽彼下泉，	泉水涌出冰又凉，
浸彼苞蓍[5]。	浸淹蓍草难生长。
忾我寤叹，	醒来睁眼就叹气，
念彼京师。	周王京师长怀想。
芃芃黍苗[6]，	蓬蓬勃勃黍苗旺，
阴雨膏之。	好雨润泽黍苗长。
四国有王，	四方侯王来进贡，
郇伯劳之[7]。	郇伯慰劳俱封赏。

【注释】

[1]冽（liè列），寒冷而清彻。

[2]苞，草丛生状。稂（láng郎），莠草。

[3]忾（xì戏），叹息。寤，睡醒。

[4]周京，周天子所居王城。

[5]蓍（shī诗）筮草，蒿草属。

[6]芃（péng朋）芃，蓬勃茂盛。

[7]郇（xún寻）伯，指晋大夫郇跞。是他平定王子朝之乱，立周敬王。

七月

国风·鄘风

七 月

【导读】

 这首诗详细地描述了当时农民艰辛忙碌的一年,人们一年四季不停劳作,大部分的劳动成果都交给了贵族,仅能勉强维持温饱。生活虽然艰难,但有妻儿送饭,亲朋欢聚等场面,还是可以让我们感受到农民的勤劳、坚韧和纯朴。这首诗虽然篇幅较长,但是节奏明快,叙事生动。

【评介】

 "《七月》,陈王业也。周公遭变,故陈后稷先公风化之所由,致王业之艰难也。"(《毛诗序》)

 "周公遭变者,管蔡流言,辟居东都。"(《笺》)

 "周公以成王未知稼穑之艰难,故陈后稷公刘风化之所由,使瞽矇朝夕讽诵以教之"(朱熹《诗集传》)

 "《七月》,为周初概述周代自后稷豳公(公刘)以来关于奴隶制社会之生产关系基础,以及其时农业知识与经验之不朽之伟大诗篇。或者说,此诗为高度概括周代先公先王居豳时期之农事诗。"(陈子展《诗经直解》)

 "这是一首叙述西周农民一年到头无休止的劳动过程和他们生活情况的诗,反映了当时农民衣、食、住各方面的情况。"(程俊英《诗经译注》)

【原诗】	【译诗】
七月流火[1],	七月火星渐西移,
九月授衣[2]。	九月女子缝寒衣。
一之日觱发[3],	冬月北风呼呼叫,
二之日栗烈[4]。	腊月寒气透心底。

无衣无褐，	既无粗布又无衣，
何以卒岁？	怎样过冬到年底？
三之日于耜[5]，	正月农具勤修理，
四之日举趾[6]。	二月春耕齐下地。
同我妇子，	老婆孩子同出门，
馌彼南亩[7]。	南田送饭慰我饥。
田畯至喜[8]。	地主老爷忒欢喜。
七月流火，	七月火星渐西移，
九月授衣。	九月女子缝寒衣。
春日载阳，	春天太阳暖天地，
有鸣仓庚[9]。	叽喳鸣唱是黄鹂。
女执懿筐[10]，	姑娘手挽深竹筐，
遵彼微行[11]，	沿着小路到野地，
爰求柔桑。	把那桑叶来采集。
春日迟迟，	春天太阳收得晚，
采蘩祁祁[12]。	众人采蒿齐努力。
女心伤悲：	姑娘伤悲又着急，
殆及公子同归[13]？	生怕公子抢她去。
七月流火，	七月火星渐西移，
八月萑苇[14]。	八月都去割芦荻。
蚕月条桑，	三月修剪桑树枝，
取彼斧斨[15]，	手拿斧子下了地，
以伐远扬[16]，	杂乱枝条仔细劈，
猗彼女桑[17]。	採摘嫩桑拉细枝。
七月鸣鵙[18]，	七月伯劳声声唱，
八月载绩[19]，	八月纺麻把布织。

载玄载黄[20],　　　　　　　染黑染黄寻常色,
我朱孔阳[21],　　　　　　　我染朱红更出奇,
为公子裳。　　　　　　　　为那公子做裳衣。

四月秀葽[22],　　　　　　　四月远志结荚子,
五月鸣蜩[23]。　　　　　　　五月知了吱吱吱。
八月其获[24],　　　　　　　八月庄稼要收获,
十月陨萚[25]。　　　　　　　十月落叶碾作泥。
一之日于貉[26],　　　　　　冬月去把貉兽打,
取彼狐狸,　　　　　　　　　要取毛皮剥狐狸,
为公子裘。　　　　　　　　好为公子制裘衣。
二之日其同[27],　　　　　　腊月众人聚一起,
载缵武功[28]。　　　　　　　出门打猎练武艺。
言私其豵[29],　　　　　　　小野猪留自己吃,
献豜于公。　　　　　　　　大野猪送公府里。

五月斯螽动股[30],　　　　　五月蚱蜢弹腿响,
六月莎鸡振羽[31]。　　　　　六月蝈蝈展翅急。
七月在野,　　　　　　　　　七月蟋蟀鸣野地,
八月在宇,　　　　　　　　　八月它向屋檐移,
九月在户,　　　　　　　　　九月它到门前来,
十月蟋蟀入我床下。　　　　十月跳到我床底。
穹窒熏鼠[32],　　　　　　　洒扫庭除熏老鼠,
塞向墐户[33]。　　　　　　　北窗封好涂墙泥。
嗟我妇子,　　　　　　　　　可怜老婆与孩子,
曰为改岁,　　　　　　　　　眼看就到过年日,
入此室处。　　　　　　　　要到此屋来聚集。

六月食郁及薁[34],　　　　　六月山楂葡萄吃,
七月亨葵及菽[35]。　　　　七月葵豆进肚里。
八月剥枣,　　　　　　　　八月枣儿打下地,
十月获稻。　　　　　　　　十月割稻齐努力。
为此春酒,　　　　　　　　稻米酿成春酒香,
以介眉寿。　　　　　　　　老人吃了寿无比。
七月食瓜,　　　　　　　　七月到了好吃瓜,
八月断壶[36],　　　　　　八月葫芦割断蒂,
九月叔苴[37]。　　　　　　九月麻子应采集。
采荼薪樗[38],　　　　　　采来苦菜砍臭椿,
食我农夫。　　　　　　　　是咱农夫好蔬食。

九月筑场圃,　　　　　　　九月平整打谷场,
十月纳禾稼。　　　　　　　十月庄稼要藏起。
黍稷重穋[39],　　　　　　谷子、黍米加高粱,
禾麻菽麦。　　　　　　　　粟麻豆麦放仓里。
嗟我农夫,　　　　　　　　可叹农夫命不济,
我稼既同,　　　　　　　　大伙庄稼才收完,
上入执宫功[40]。　　　　　又要筑宫去服役。
昼尔于茅,　　　　　　　　白天去把茅草刈,
宵尔索绹[41]。　　　　　　搓绳理麻在夜里。
亟其乘屋[42],　　　　　　赶急赶忙盖宫室,
其始播百谷。　　　　　　　开春百谷撒种籽。

二之日凿冰冲冲,　　　　　腊月凿冰响声急,
三之日纳于凌阴[43]。　　　正月藏冰在窖里。
四之日其蚤,　　　　　　　二月取冰行祭礼,
献羔祭韭[44]。　　　　　　韭菜羔羊都献祭。

九月肃霜，	九月高远好天气，
十月涤场。	十月谷场要整理。
朋酒斯飨[45]，	一对壶酒手中提，
曰杀羔羊。	斩了羔羊去了皮。
跻彼公堂[46]，	迈步跻身公堂里，
称彼兕觥[47]，	牛角杯儿高举起，
"万寿无疆"。	万寿无疆喊声齐。

【注释】

[1]流，下行。火，星名。

[2]授衣，制送寒衣。

[3]一之日，夏历冬月，周历正月。觱（bì必）发（bō波），大风拂触物体的声音。

[4]二之日，腊月。栗烈，凛冽，寒气很重。

[5]三之日，正月。于耜（yì四），开始修理农具。

[6]四之日，二月。举趾，双脚下地去耕田。

[7]馌（yè夜），送饭。

[8]田畯（jùn俊），田官或地主。

[9]仓庚，黄莺。

[10]懿（yì艺）筐，深筐。

[11]遵，遵循，沿着。微行，小路，幽径。

[12]蘩（fán凡），白蒿。祁祁，众多。

[13]殆（dài带），怕。

[14]萑（huán环）苇，荻草和芦苇。

[15]斨（qiāng枪），方孔斧。

[16]远扬，杂乱太长的桑枝。

[17]猗（yī衣），拉。女桑，嫩桑细枝。

[18]鵙（jú局），伯劳鸟。

[19]载绩，开始纺织。

[20]玄，黑红色。

[21]朱，朱红。孔，很。阳，鲜明有光采。

[22]秀葽（yāo腰），长穗的远志，可入药。

[23]蜩（tiáo条），知了。

[24]获，收割庄稼。

[25]陨萚（tuò拓），落叶。

[26]于貉（hé鹤），捕貉。

[27]同，聚集，汇合。

[28]缵（zuǎn纂），继续。武功，打猎事宜。

[29]私，个人占有。豵（zōng宗），小猎。下句言豜（jiān坚）大猎敬贡朝廷。

[30]斯螽（zhōng中），蚱蜢；动股，擦腿发响，这是古人误解。

[31]莎鸡，蝈蝈。

[32]穹（qióng穷），打扫。窒（zhì至），垃圾物。

[33]塞，封好。向，北窗。墐（jìn近），用泥涂抹缝隙。

[34]郁薁（yù育），山楂、葡萄类果实。

[35]亨，烹煮。菽，大豆。

[36]断壶，割断藤蒂，收获葫芦。

[37]叔，拾。苴（jū居），麻子。

[38]荼（tú图），苦菜。薪，动词用如烧柴。樗（chū初），臭椿。

[39]黍，小米。稷（jì计），高粱。重，谷物。穋（lù路），晚稻。

[40]官功，宫中差事，指修筑宫室。

[41]宵，夜晚。索绹（táo桃），搓绳。

[42]亟（jí及），亟速，赶快。乘，盖。

[43]凌阴，冷藏地窖。

[44]祭韭，用韭菜献祭，作为羔羊的配料。

[45]朋酒，两壶酒。飨（xiǎng响），以酒敬之。

[46]跻（jī基），登上。

[47]兕（sì四）觥（gōng工），酒器，容量较大，用牛角或铜皿制成。

国风·豳风 299

鸱　鸮

【导读】

这首诗模拟禽鸟的口吻,写自己悲惨的遭遇和困苦的处境。具体所指,未有定论。

【评介】

"《鸱鸮》,周公救乱也。成王未知周公之志,公乃为诗以遗忘,名之曰《鸱鸮》焉。"(《毛诗序》)

"武王克商,使弟管叔鲜、蔡叔度监于纣子武庚之国,武王崩,成王立,周公相之,而二叔以武庚叛,且流言于国曰:'周公将不利于孺子。'故周公东征,二年,乃得管叔、武庚而诛之。而成王犹未知周公之意也,公乃作此诗以贻王。"(朱熹《诗集传》)

"《鸱鸮》,盖周公求乱居东初年之作,旨在暗喻现实,借明心迹。东征胜利后,贻诗成王,旨在痛定思痛,居安思危。"(陈子展《诗经直解》)

"这是一首寓言诗。全篇作一只母鸟的哀诉,诉说她过去遭受的迫害、经营巢窠的辛劳和目前处境的艰苦危殆。"(余冠英《诗经译注》)

"这是一首寓言诗。全诗以一只母鸟的口气,诉说她过去被猫头鹰抓走了小鸟,但仍经营巢窝,抵御外侮,并抒写她育子修窝的辛勤劳瘁和目前处境的困苦危险。这当然是一首有寄托的诗,但所指何人何事,不得而知。"(程俊英《诗经译注》)

【原诗】	【译诗】
鸱鸮鸱鸮[1]!	猫头鹰啊胜恶魔,
既取我子,	你已把我孩儿夺,

无毁我室！	不要再毁我的窝。
恩斯勤斯[2]，	含辛茹苦操尽心，
鬻子之闵斯[3]。	养育孩儿磨折多。

迨天之未阴雨[4]，　　赶在阴雨尚未落，
彻彼桑土[5]，　　　　把那桑树根皮剥，
绸缪牖户[6]。　　　　修补门窗和墙角。
今女下民，　　　　　如今那些下作人，
或敢侮予。　　　　　谁敢欺我侮辱我！

予手拮据[7]，　　　　双手无力疲劳多，
予所捋荼[8]，　　　　采摘芦花好补窝，
予所蓄租[9]。　　　　我还积聚干茅草。
予口卒瘏[10]：　　　口干舌燥嘴巴痛，
曰予未有室家。　　　尚未理好我巢窝。

予羽谯谯[11]，　　　我的羽毛剩不多，
予尾翛翛[12]。　　　我的尾巴枯毛锁。
予室翘翘，　　　　　我的窝儿高又险，
风雨所漂摇。　　　　风雨飘摇怕坠落，
予维音哓哓。　　　　老天爷啊救救我！

【注释】

[1]鸱（chī吃）鸮（xiāo肖），猫头鹰。

[2]恩勤，殷情，悉心照料。

[3]鬻（yù玉），养育。闵，病。

[4]迨（dài带），乘着。

[5]彻，剥。桑土，桑杜，桑根。

[6]绸缪（móu谋），仔细修葺。牖（yǒu有）户，窗和门。

[7]拮据，手指病，骨节隆起。

[8]捋（luō罗一声），取。荼，芦花。

[9]蓄，积蓄。租，茅草。

[10]卒瘏（tú屠），口病。

[11]谯（qiáo桥）谯，枯焦状。

[12]翛翛（xiāo消），老敝而无光泽。

东　山

【导读】

　　这首诗写征夫归家时"近乡情更怯"的矛盾心情。男子常年征战东山，多年之后回家，看到田园荒芜，家园破败，物事人非。当年年轻貌美的妻子也变得憔悴衰老，更让男子觉得凄凉伤感。

【评介】

　　"《东山》，周公东征也。周公东征，三年而归。劳归士，大夫美之，故作是诗也。"（《毛诗序》）

　　"成王既得《鸱鸮》之诗，又感雷风之变，始悟而迎周公。于是周公东征已三年矣，既归，因作此诗以劳归士。"（朱熹《诗集传》）

　　"此周公东征凯还以劳归士之诗。……诗中所述，皆归士与其室家互念，及归而得遂弃生还之词，无所谓美也。盖公与士卒同甘苦者有年，故一旦归来，作此以慰劳之。因代述其归思之切如此，不啻出自征人肺腑，使劳者闻之，莫不泣下，则平日之能得士心而致其死力者，盖可想见。"（方玉润《诗经原始》）

　　"《东山》，周公东征三年而归，归士中诗人途中有感之作。"

（陈子展《诗经直解》）

"这是征人还乡途中念家的诗。在细雨濛濛的路上，他想象到家后恢复平民身分的可喜（第一章），想象那可能已经荒废的家园，觉得又可怕，又可怀（第二章），想象自己的妻正在为思念他而悲叹（第三章），回忆三年的新婚光景，设想久别重逢的情况（第四章）。"（余冠英《诗经选译》）

"这是一个远征士卒在归途中思家的诗。他渴望早日回家，又担心可能发生的种种情况，表现了复杂细腻的感情。唐人'近乡情更怯，不敢问来人'，可为此诗意境作最好注脚。"（程俊英《诗经译注》）

【原诗】	【译诗】
我徂东山[1]，	我从出征到东山，
慆慆不归[2]。	漫长岁月未曾还。
我来自东，	如今我从东山返，
零雨其濛。	细雨濛濛湿衣衫。
我东曰归，	人在东方把家还，
我心西悲。	想起西面好心酸。
制彼裳衣，	缝制一套百姓衣，
勿士行枚[3]。	不再把那裹腿缠。
蜎蜎者蠋[4]，	缓缓蠕动是蠋蚕，
烝在桑野[5]。	久久停留野桑田。
敦彼独宿[6]，	和衣独睡缩成团，
亦在车下。	兵车之下好安眠。
我徂东山，	我从出征到东山，
慆慆不归。	漫长岁月未回还。
我来自东，	如今我从东山返，
零雨其濛。	细雨濛濛湿衣衫。

果臝之实[7],	瓜蒌结实一串串,
亦施于宇。	屋檐之上亦蔓延。
伊威在室[8],	土鳖虫儿满室爬,
蟏蛸在户[9]。	蜘蛛结网在门前。
町畽鹿场[10],	荒田野鹿常踏践,
熠耀宵行[11]。	夜里萤火光闪闪。
不可畏也,	不怕荒芜旧家园,
伊可怀也。	一砖一石可怀念。
我徂东山,	我从出征到东山,
慆慆不归。	漫长岁月未回还。
我来自东,	如今我从东山返,
零雨其蒙。	细雨濛濛湿衣衫。
鹳鸣于垤[12],	鹳雀飞在土堆叫,
妇叹于室。	贤妻空房连声叹。
洒扫穹窒[13],	洒扫庭除与房屋,
我征聿至[14]。	盼我骤归笑语咽。
有敦瓜苦,	团团苦瓜苦后甜,
烝在栗薪。	苦菜长在柴堆边。
自我不见,	自打我俩未相见,
于今三年。	如今整整满三年。
我徂东山,	我从出征到东山,
慆慆不归。	漫长岁月未曾还。
我来自东,	如今我从东山返,
零雨其蒙。	细雨濛濛湿衣衫。
仓庚于飞[15],	黄鹂来回飞得远,
熠耀其羽。	羽翼熠熠光闪闪。

之子于归，	当初新娘离家园，
皇驳其马[16]。	披红挂彩黄马健。
亲结其缡[17],	娘为女儿扎佩巾，
九十其仪。	十样仪礼都齐全。
其新孔嘉[18],	新婚之夜真美满，
其旧如之何[19]？	旧人重拥两心欢？

【注释】

[1]徂（cú），去。

[2]慆慆（tāo涛）同滔滔，长期，长久。

[3]勿士，不要从事。行枚，裹腿。

[4]蜎（yuān渊）蜎，蠕动状。蠋（zhú烛），山蚕。

[5]烝（zhēng征），长久。

[6]敦，敦敦，身体蜷缩起来睡。

[7]果臝（luǒ裸），瓜蒌。

[8]伊威，土鳖虫。

[9]蟏蛸（xiāo shāo 消梢），喜蛛。

[10]町畽（tǐng tuǎn 挺团三声），践踏之地。

[11]熠（yì义）耀，光闪闪。宵行，萤火虫。

[12]鹳（guàn冠），水鸟。垤（dié迭），土丘。

[13]穹（qióng穷）窒（zhì至），垃圾。

[14]我征，我这征夫。聿（yù玉），助词。

[15]仓庚，黄莺。

[16]皇，黄白马，驳，红白马。

[17]缡（lí离），佩巾。

[18]新，新婚。孔嘉，很好。

[19]旧，久，久别。

破 斧

【导读】

这首诗写随周公东征的士兵，经浴血奋战后，侥幸得归的心情。

【评介】

"《破斧》，美周公也。周大夫以恶四国也。"（《毛诗序》）

"此四国者，恶其流言毁周公也。"（《笺》）

"从军之士以前篇周公劳已之勤，故言此以答其意……今观此诗，固足见周公之心大公至正，天下信其无有一毫自爱之私。抑又以见当是之时，虽被坚执锐之人，亦皆能以周公之心为心，而不自为一身一家之计，盖亦莫非圣人之徒也。学者于此熟玩而有得焉，则其心正大，而天地之情真可见矣。"（朱熹《诗集传》）

"此四国之民望救于公，如大旱之望云霓也。"（方玉润《诗经原始》）

"《破斧》，周公东征胜利以后，兵卒庆幸生还之作。"（陈子展《诗经直解》）

"这是随周公东征的士卒喜获生还的诗。"（程俊英《诗经译注》）

【原诗】	【译诗】
既破我斧，	我的战斧已砍裂，
又缺我斨[1]。	我的铜斨锋口缺。
周公东征，	跟随周公东征来，
四国是皇[2]。	四国惶恐肝胆裂。
哀我人斯，	感叹我们行伍人，
亦孔之将[3]。	将士征战无休歇。

既破我斧，	我的战斧已砍裂，
又缺我锜[4]。	我的锯锜刃口缺。
周公东征，	跟随周公东征来，
四国是吪[5]。	四国悔悟不造孽。
哀我人斯，	感叹我们行伍人，
亦孔之嘉[6]。	仁德威武国之杰。

既破我斧，	我的战斧已砍裂，
又缺我銶[7]。	我的铁锹锋口缺。
周公东征，	跟随周公东征来，
四国是遒[8]。	四国平定不造孽。
哀我人斯，	感叹我们行伍人，
亦孔之休[9]。	将士功勋千秋业。

【注释】

[1]斨（qiāng枪），方孔斧。

[2]四国，一说是管、蔡、商、奄四国，一说是天下四方之国。皇，惶恐。

[3]孔将，很大，很美好。

[4]锜（qí奇），三齿武器。

[5]吪（é讹），感化

[6]孔嘉，很美善。

[7]銶（qiú求），锹形武器。

[8]遒（qiú求），稳定，安定。

[9]孔休，很美好。

伐 柯

【导读】

这首诗写男子托媒求婚,迎娶心仪女子。

【评介】

"《伐柯》,美周公也。周大夫刺朝廷之不知也。"(《毛诗序》)

"周公居东之时,东人言此,以比平日欲见周公之难。"(朱熹《诗集传》)

"执柯以伐柯,睨而视之,犹以为远,故君子以人治人,改而止。此齐说。"([清]王先谦《诗三家义集疏》)

"《伐柯》,大夫愿望成王以礼迎归周公而作。"(陈子展《诗经直解》)

"这首诗写娶必须通过媒人,就如砍伐斧柄必须用斧头一样。后来人们称为人做媒叫'伐柯'、'作伐',即从此而来。"(程俊英《诗经译注》)

【原诗】	【译诗】
伐柯如何[1]?	要问怎样做斧柄,
匪斧不克[2]。	没有斧头砍不成。
取妻如何?	要问怎样娶妻子,
匪媒不得。	没有媒人娶不成。
伐柯伐柯,	砍斧柄呀砍斧柄,
其则不远[3]。	照着柄样削木屑。
我觏之子[4],	为见那位好姑娘,
笾豆有践[5]。	料理宴席好妥帖。

【注释】

[1]伐柯,砍斧柄。

[2]克,能。

[3]则,样子。斧柄样子是现成的,所以说"不远"。

[4]觏(gòu构),看见。

[5]笾(biān边),装果物的高竹碗。豆,装肉的木碗。有践,排列成行。

九　罭

【导读】

　　这首诗写新婚燕尔,妻子深爱丈夫,不忍与其分离,百般挽留,心中凄凉。也有认为写主人留客。

【评介】

　　"《九罭》,美周公也。周大夫刺朝廷之不知也。"(《毛诗序》)

　　"此亦周公居东之时,东人喜得见之"(朱熹《诗集传》)

　　"此东人欲留周公不得,心悲而作是诗以送之也。"(方玉润《诗经原始》)

　　"《九罭》,此篇主题与《伐柯》篇全同。所不同者:一为欲以飨礼迎归,一为欲以情愿攀留。"(陈子展《诗经直解》)

　　"这是一首主人留客的诗。这位客人,穿着衮衣绣裳,当然是一位贵族。"(程俊英《诗经译注》)

【原诗】

九罭之鱼，鳟鲂[1]。
我觏之子[2]，
衮衣绣裳[3]。

鸿飞遵渚[4]。
公归无所，
于女信处[5]。

鸿飞遵陆。
公归不复，
于女信宿[6]。

是以有衮衣兮，
无以我公归兮，
无使我心悲兮。

【译诗】

密密鱼网网鳟鲂。
我见那生人物壮，
画龙上衣五色裳。

大雁飞翔沿水洲。
公爷岂是无处归？
小住你处却为谁？

鸿雁贴着陆地飞。
公爷此去难再回，
小住你处安抚谁？

藏起龙衣五色裙，
留住公爷不放行，
不要使我太伤心！

【注释】

[1]九罭（yù玉），网眼细密的鱼网。鳟（zūn尊）鲂（fáng房），皆指大鱼。

[2]觏（gòu构），看到。之子，那人，那位公爷。

[3]衮（gǔn滚）衣，绣龙衣。绣裳，五彩裙。

[4]鸿，大雁。遵，沿着。渚（zhǔ主），沙洲。

[5]女，汝。信处，住了两夜，小住。

[6]信宿，同信处。

狼　跋

【导读】

　　这首诗讽刺贵族金玉其外，败絮其内。

【评介】

　　"《狼跋》，美周公也。周公摄政，远则四国流言，近则王不知。周大夫美其不失其圣也。。"（《毛诗序》）

　　"周公虽遭疑谤，然所以处之不失其常，故诗人美之。""夫公之被毁，以管、蔡之流言也，而诗人以为此非四国所为，乃公自让其大美而不居耳。盖不使谗邪之口，得以加乎公之忠圣，此可见其爱公之深，敬公之至，而其立言亦有法矣。"（朱熹《诗集传》）

　　"《狼跋》，美周公当四国流言之际、幼主致疑之日，而能进退得宜、身名俱泰之诗。"（陈子展《诗经直解》）

　　"这是一首讽刺诗。诗中把一位统治者（诗人称他为公孙）比做老狼。嘲笑他步态丑笨，进退困窘。"（余冠英《诗经选译》）

　　"这是讽刺贵族公孙的诗。"（程俊英《诗经译注》）

【原诗】	【译诗】
狼跋其胡[1]，	老狼向前踩颔垂，
载疐其尾[2]。	后腿又踏肥大尾。
公孙硕肤[3]，	公孙腰圆肚子坠，
赤舄几几[4]。	鞋头贴金有虎威。
狼疐其尾，	老狼后腿踏着尾，
载跋其胡。	向前又踩长颔垂。
公孙硕肤，	公孙腰圆肚子坠，
德音不瑕[5]。	名播遐迩有口碑

【注释】

[1]跋（bá拔），踩，踏。胡，颔下所垂皮囊。

[2]载，又。疐（zhì至），踩。

[3]硕肤，大肚皮。

[4]赤舄（xì戏），贴金红鞋。

[5]德音，声誉。瑕（xiá霞），瑕疵。

参考文献

[1]刘瓛.毛诗序义疏[M].长沙娜嬛馆.
[2]毛诗传笺通释[M].上海:中华书局,1936.
[3]朱熹,王逸,洪兴祖.诗集传[M].长沙:岳麓书社,1989.
[4]方玉润,李先耕.诗经原始[M].北京:中华书局,1986.
[5]程俊英.诗经译注[M].上海:上海古籍出版社,2004.
[6]余冠英.诗经选译[M].北京:作家出版社,1956.
[7]陈子展.诗经直解[M].上海:复旦大学出版社,1983.
[8]王先谦.诗三家义集疏[M].北京:中华书局,1987.

后 记

1989年夏天，我在中山大学王季思、黄天骥先生的耳提面命之下，圆满获得文学博士学位。

当年新鲜出炉的文学博士还比较稀缺，因此选择也可能比较多元。留在花城，请益复旦，北上京华，似乎都有可能，但又急切间未得分明。

关键时刻，又得华东师范大学徐中玉、齐森华先生之推荐，应时任上海戏剧学院院长余秋雨先生之盛情邀约，来到上戏任教。余先生以其一贯严密的逻辑推理言到，上戏教师当然藏龙卧虎，但是你谢博士若来到美丽园任教，就是上戏第一位具有博士学位的教师。

我当然知道，什么事情排在第一位，就有无穷的可能性，想象的空间甚为开阔。因此如约来到华山路上的美丽园中，将13年的青春岁月，共享上戏的诸多美好风景，当然也领受了较长时期住房的困顿，以及该校学术氛围的相对寂寞。

大上海毕竟云蒸霞蔚，气象万千。在沪上，我与各高校的一批青年才俊们多有学术往还。青春做伴，每有意气风发之状，把酒论诗，常得志趣相得之妙。汪涌豪的才情，吴承学的学问，陈建华的板书，陆林的哲思，都令我印象颇深。吴格兄从华师大到复旦，都在图书馆古籍部任职，其为人之质朴，学问之扎实，几乎成为我百问不烦的古典宝库。

当年这些年轻的兄弟哥们之中，既有来自外省各地的草莽出身，也有出身名门的教科文二代。比方吴格兄是朱东润先生的孙女快婿，钱杭兄是上海古籍出版社总编辑、社长钱伯城先生的哲嗣。

上海的学林出版社，俨然有推举青年才人的君子之风，当年以银灰色的封面装帧，推出了一系列博士论文，例如南京大学周安华《深沉悲怆的生命旋律——论中国八十年代悲剧创作》，钱杭兄的《周代宗法制度史》，以及我的《中国悲剧史纲》，都在此列。责任编辑是复旦毕业的张建一兄，他为我们的博士论文出版发行，付出了较多心血，做了极为缜密的编辑工作。

在同一出版社结下了书缘之后，我与钱杭的交往就密集一些了。听他们研究历史宗法的人讲学问，让我们这些中文系的人们顿生敬畏之心。同样，他们从事历史研究的人们，也对文学发展和戏剧演进，抱有较为浓厚的兴趣。因此引为知己，时常各言其志。

一天，钱杭对我说，他爸爸要编一部《白话十三经》，要找一批青年博士集中来做，问我是否有兴趣认领其中的两部经典，参加译注工作。我当然对经典有着浓厚的兴趣，就多次前往钱府，向钱伯城先生请教。

钱府古雅清幽，书香门第，文气氤氲。作为从事出版业多年的老编辑和出版家，钱伯城先生既有文人的风骨气度，又有出版家务实高效的干练作风。钱氏父子都翻阅过拙著，对我的文笔思路有了解，当然更对我硕博期间问学于华东师大和中山大学名师之下的出身，更为首肯。因此，他们对我特别礼遇，让我自己在《十三经》中任选两部。

从汉代开始立《诗经》《尚书》《周易》《礼记》《春秋》为五经；唐代踵事增华，先加上《周礼》《仪礼》，并将《春秋》分为《春秋左氏传》《春秋公羊传》《春秋谷梁传》，增益为九经；开成年间又加《孝经》《论语》《尔雅》为十二经；到了南宋时期，复增亚圣的《孟子》在列，一共尊为《十三经》。

尽管我历经了中文系学士、硕士和博士十年不间断的学位教育，但是面对《十三经》还是敬畏多于研究。想来想去，《诗经》与文学关系最密切，《尔雅》是最早的辞书，又能让我多识于天地山川禽兽虫鱼之名，因此便选择了这两种书。

既然我已经选定了注译的书目，钱氏父子也欣然同意，这就是钱家的风雅气度。后来我才知道，钱公子已经出版过香港版的《诗经》注本，他对《诗经》原本就有深刻的研究。但是为了我的选择，他们情愿让贤，情愿再看到一位中文系出身的博士的《诗经》译注本。君子成人之美，钱氏父子，庶几有之。

受命之后的漫长的日子里，我借阅了各种版本的典籍与辞书，希望把《诗经》《尔雅》的注译做好。《诗经》的注译，略微好一点，尤其是将其翻译成现代歌谣，我可能胜任愉快一些，因为从小写歌词，写剧本，做新旧体诗，还是能找到一些感觉。当年从上海回武汉，要坐漫长的轮船。我的叔叔是长江航运公司的经理，所以我得以在轮船的一等舱中注译古诗。漫漫诗意与滔滔江水的涛声相呼应，遥想《柏舟》等《诗经》中涉水的篇章，倒是另有一番情趣。

但是注译《尔雅》，却是殊大不易。该书看起来篇幅并不是太浩大，但是无一字一句无出处，都要查阅各种大部头的工具书。而且不同典籍的解释并不都是倾向一致，于是要辨别选择，择善而从。有的时候，我甚至还不无庆幸地想，幸亏《尔雅》的篇幅不大浩瀚，倘若字数更多，查阅典籍就会愈加繁杂，这就可能引起精神状态的高度不适。这也注定我道心不坚，很难在考证方面，做出较好较多的文章。

由钱先生主编，我参与其事的《白话十三经》，由国际文化交流出版公司发行，至今已经有近三十年书龄了。

屈指二十七年前，《诗经》《尔雅》付梓，也是一桩学林佳话。这些年来，我在戏剧方面用功多一些，俨然忘了自己原本就是古典文学的学习者、研究者和从业者。如今有缘将《诗经》作为单行本，在中国戏剧出版社付梓发行，这也是不忘初心、致敬经典的践行。

《中华远古的恋歌雅乐——〈诗经〉注译与导读》，作为单行本出版，也有了新的特色。上海古籍出版社的编辑钮君怡，在南京师范大学和上海交通大学都与我有师生之谊，她为单行本《诗经》集评题解，做了很多细致的工作，然而又坚决不肯署名。君子不掠人之美，必须要在此感谢她在十几年之前关于《诗经》乐章的加花变奏。

我的硕士研究生郭泽莹、杨万奇，还有同届研究生李代鹏，为本书注释与译诗的过录，做了大量文字录入和注释考辨工作，谨此致谢。

中国戏剧出版社的王恬老师，这几年担任我在该社所出著作的责任编辑。她的工作作风很细致，经常能给我带来新的启发；她也催促我将包括本书在内的一系列书籍如期出版，在此尤其表示感谢。

此书问世之后，在古往今来关于《诗经》注释和译注的著作中，又多了心香一瓣，小花一枝。但愿读者诸君多多指教，这就使得中华远古最早的恋歌雅乐，能够在当代社会中得以进一步的推广，也期望能在国际汉学界有着更加广远的传播。

作为人类共同的文化遗产，关于《诗经》的学习、研读和致敬，在浩瀚宇宙中的蔚蓝色地球上，历久而弥新，古老而永恒。

谢柏梁
2021年7月28日写于中国戏曲学院